Contents

Photona フォトナ
先代のバントーラ図書館館長代行。強く厳格な男。
Vend=Ruga ベンド＝ルガー
神溺教団に生み出された兵器。鉛の体を持つ人形。
Renas レナス
武装司書モッカニアの母親。すでに死亡しているが、神溺教団の手で複製が生み出されている。
Charlot シャーロット
神溺教団に属する大魔術師。

戦う司書と追想の魔女
Tatakau Sisho to Tsuisou no Majo
characters
武装司書
Hamyuts ハミュッツ
バントーラ図書館の
館長代行。冷酷で
好戦的な女性。
Vizac ビザク
ベテランの武装司書。
ヴォルケンと親しい。
Volken ヴォルケン
年若い武装司書。
正義感が強く、
ハミュッツに反旗を翻す。

イラスト／前嶋重機

戦う司書と
Tatakau Sisho to Tsuisou no Majo
追想の魔女

序章　浜辺の号泣

諦《あきら》めました。

生きることは、とっくの昔に諦めました。

ハミュッツ＝メセタが、僕を殺しにやってきます。鈍重《どんじゅう》な僕の体では、礫弾《れきだん》を避《よ》けることなんてできません。酷《ひど》く目立つ僕の体では、触覚糸《しょっかくし》から逃れることもできません。

報《むく》われることは、だいぶ前に諦めました。

世界の幸福は定量だといいます。僕の幸福は、世界のどこかの幸福な人に、根こそぎ奪われてしまったのでしょう。運命は僕に、いつも過酷《かこく》で無慈悲《むじひ》です。

愛されることは、つい先日、諦めました。

人でなくなった僕の体を、愛するものはいないでしょう。

ただ、一つだけ諦められないことがあり、それが僕の体を駆動《くどう》させ続けています。人でなくなった僕の体を、諦めの悪さが動かしています。

唯《ただ》一つ。忘れないでいて欲しいのです。僕がこの世にいたことを。

知っていて欲しいのです。僕にも心があったことを。月を見てきれいだと思ったことを。死者を見て悲しいと思ったことを。誰かを見て、いとおしいと思ったことを。

誰もそれを、知りません。それを知る人は、誰も彼も死にました。

ハミュッツ＝メセタがやってきます。僕を殺しにやってきます。諦められない僕の体は、それでもなお、駆動し続けているのです。


一九二三年、秋。トアット鉱山竜骸咳《りゅうがいぜき》事件から、一年前のことである。

イスモ共和国、東岸。北方辺境に程近い、アロウ湾と呼ばれる海である。そこに五人の武装司書の姿があった。

海は凪《な》いでいた。ウミネコも、平穏《へいおん》が戻ってきたことを悟ったのか、武装司書たちの頭上を、螺旋《らせん》を描いて飛んでいる。

広がる海の上には、何もない。北の冷たい陽光を浴び、穏《おだ》やかに揺れる波が、きらりきらりと輝いている。

ほんの数時間前まで、この海は戦場だった。それが今は信じられない。

海は何もかも呑《の》み込んだ。強力な魔術結界《けっかい》に覆《おお》われた船も、武装司書に迫る人間爆弾も。何もかも呑み込んで沈めていった。

後《のち》に、アロウ沖船舶強襲《きょうしゅう》事件と呼ばれる戦いだった。ハミュッツ＝メセタ率《ひき》いる武装司書と、神溺《しんでき》教団の長きにわたる戦い。その始まりの日だった。

「……ヴォルケン、もう泣くなよ」

一人の武装司書が、崖《がけ》の上で這《は》いつくばり、額《ひたい》を岩に押しつけている。泣いているのだ。ヴォルケンという年若い武装司書だ。

その背中を撫《な》でているのは、同じく武装司書のルイモンだった。大きな体で、ヴォルケンを包みこむように介抱《かいほう》している。

「どうかなあ、ヴォルケンは」

ハミュッツが尋《たず》ねる。二人の横で腕組みをして、海を眺《なが》めている。

「代行、もう少し待ってやってください」

ルイモンが答える。そして、ひときわ声高く泣き出したヴォルケンの背中を撫でる。

「……………ヴォルケン」

武装司書のミレポックが、彼らの背中を見つめている。そして、何度目になるかわからないため息をついた。

アロウ沖での戦いは、武装司書の勝利に終わった。神溺教団に与《くみ》していた者は、ただ一人の例外もなく死んだ。

だが、勝利を喜んでいるものは誰もいない。

死んだのは、神溺教団の信徒だけではなかった。船の中で、彼らに飼われていた人間たちも、一人残らず死んでしまった。ハミュッツたちの救助は、失敗に終わっていた。

その事実は、武装司書たちの表情に陰鬱《いんうつ》な影を落としていた。

「で、ミレポ。押収品《おうしゅうひん》はどうなの？」

と、ハミュッツが聞いた。ミレポックは、船の中から運び出された『本』や資料を数え、確認している。

「とんでもないものが見つかっています。シロン＝ブーヤコーニッシュの『本』の欠片《かけら》です。それに、竜骸咳の病原体までもが見つかりました。その他にも追憶《ついおく》の戦器の一つ、自転人形ユックユックに、物質転移の魔方陣。はっきり言って秘宝の山です」

「ずいぶん、ためこんでいたものね」

「さらに、おそらくこの船は神溺教団の本拠地ではありません。資料を見るに、他にも神溺教団の施設は数多くあると思われます」

「ふうん、たいしたものねえ」

ハミュッツが気の抜けた声で感想を言う。その背中に、ミレポックが語りかける。

「正直、今でも信じられません、神溺教団が、まだこの世に存在していたなんて」

「ま、あんたの気持ちもわかるわ。五百年ぶりだものねえ。神溺教団が現れるのは」

ハミュッツは海水に濡《ぬ》れた髪を掻《か》きあげる。

神溺教団は五百年前、常笑《とこ》いの魔女とともに滅んだ。武装司書の誰もがそう思っていた。ミレポックが驚くのも無理のないことだ。

「でもねえ、ミレポ。常笑いの魔女が正体を明かしたときも、同じことが言われたわよ。神溺教団なんて、三百年前の七王大乱で滅んだと。でも教団は生き延びてたわ。あの連中はしぶといのよ。殺しても殺しても蘇《よみがえ》ってくるのよ」

「そうですね……」

ミレポックが憂鬱《ゆううつ》そうに言う。

「それにしても、あの人たちは、なぜあんなことになっていたんでしょう」

ミレポックは話題を変えた。彼女が言っているのは、船の中で飼われていた人間たちのことだ。汚物と垢《あか》にまみれ、記憶と理性を奪われた人間たちを武装司書は見つけていた。

「人体実験とか、例の人間爆弾とか、そんなところね。他にもいろいろ利用価値はありそうだけど」

冷静にハミュッツは言う。

「信じられない。人間のすることじゃありません」

声を荒らげるミレポックに対し、ハミュッツは何一つ感情を動かさない。苛立《いらだ》っているような、それでいて退屈そうな表情のままだ。

「まあいいわ。感想は、戦いに勝ってからにしてねえ。この戦いは、長引きそうよ」

「……………そうですね。長引きそうですね」

ミレポックは、またため息をつく。過去の神溺教団との戦いを思えば、ため息などいくらついても足りないだろう。五百年前の戦いでは、蔓延《まんえん》した竜骸咳で数百万人が死んだ。八百年前の戦いでは、五年間の戦いの間に、四人の館長代行が戦死した。

それを思えば、今回の戦いの被害など、些細《ささい》なものといえるかもしれない。

ふいに、ハミュッツがくすりと笑った。

「まあ、一つだけ幸運なのは、戦いが起こったのが、わたしがいる時だってことねえ」

どういう意味だろうか、とミレポックは思った。確かに、歴史上でも指折りの戦闘力を持つハミュッツがいることは、武装司書にとって幸運だろう。だが、それだけではないような気がした。

これで少しは退屈がまぎれる。そんな響きが、ハミュッツの言葉に潜《ひそ》んでいた。

神溺教団の存在とは別に、何か不気味なものを、ミレポックは感じていた。

「それにしても！」

と、ハミュッツは腹立たしそうに言う。

「いつまで泣いてるのかなあ、ヴォルケンは。ねえ、ミレポ、なんか言ってやってよ」

「………はい」

ミレポックはヴォルケンに近づく。ヴォルケンのことはよく知っている。同じ時期に見習いになり、同じときに武装司書になった、同期生だ。

正義感の強い、優しい男だ。強く、尊敬すべき男だ。

「ヴォルケン……あなたが泣くべき時ではないわ」

ヴォルケンの肩に、手をかける。

「……助けられたはずだったんだ」

ヴォルケンは額を岩に押しつけながら呻《うめ》いた。

「それは、仕方がなかったわ。助けられなかったのは、しょうがない。あなたが責任を感じる必要はないわ」

「違う！」

ヴォルケンが、岩に頭を打ちつける。

「仕方なくない……」

たしかに、そうだ。仕方ないとはいえない。助けられなかったのは武装司書のミスだ。だが、そう言っては慰《なぐさ》めにならない。

「もう忘れましょう。戦いは始まったばかりよ」

ルイモンも、同じように言う。

「そうだよ。戦わなきゃ。俺もミレポも、お前を頼りにしてるんだ」

それでもヴォルケンは、しばらくの間、泣いていた。やがて、泣き声が小さくなり、ヴォルケンは立ち上がる。

「そうだな。戦わなきゃいけないんだ」

そう言って、袖《そで》で、砂と涙に汚れた顔をぬぐった。

「でもな、忘れない。あの人たちを助けられなかったことは、絶対に忘れない。死なせたことは、絶対忘れない」

「そうよ。あの人たちを飼っていたのも、あの人たちを殺したのも、みんな神溺教団よ」

「憎《にく》むべきは全《すべ》て、神溺教団。泣いてる場合じゃないだろう」

二人がヴォルケンを励《はげ》ます。もう一度ヴォルケンは、顔をぬぐった。

「……………ふ」

励ましあう三人の若い武装司書。それを見ながら、ハミュッツはかすかに声を漏《も》らした。笑い出しそうになったのを、必死にこらえた声だった。


バントーラから迎えの飛行機が来て、四人は帰路に就《つ》いた。

前を飛ぶ飛行機には、フィーキーと三人の新米たちが、後ろの飛行機には、マットアラストとハミュッツが乗っている。

「代行。やはり、神溺教団だったか」

マットアラストが言った。

「そうね。だいぶ派手《はで》にやってくれたわ」

「楽園管理者の野郎、やっぱり騙《だま》してたんだな。畜生、さっさと殺しておけばよかった」

操縦管を握るマットアラストの手に、力がこもる。

「そうねえ、あの男なかなかやるわ。思ってたより、ずっと外道《げどう》で頭が回るわね」

ハミュッツは、浮かれた声で言う。

「楽しそうだな、ハミ」

マットアラストの表情は、明るくない。彼はもともと、戦うのがそれほど好きではない。

ハミュッツは、今度は声を上げて笑う。

「ええ、楽しみね、どのぐらい楽しませてくれるかしらねえ」

マットアラストが、前を飛ぶ飛行機を見る。

「ヴォルケン、泣いてたな。あいつには、辛《つら》い初陣《ういじん》になったな」

「そうね、あの飼われてた人たちにも、可哀相《かわいそう》なことになったわ」

表面的には、死を悼《いた》んでいるハミュッツの言葉。だが実感が伴《ともな》っていない。

マットアラストが振り返る。

「……………なあ、ハミ」

その言葉には、かすかな怒りがこもっている。

「なあに？」

「飼われていた人たちを殺したの、お前だろ」

ハミュッツの表情から、笑いが消える。

「……………なんでばれたの？」

マットアラストは、処置なし、というように額を押さえる。

「どうせそんなことだろうと思った。まったく、俺の予感は悪いことばっかりよく当たる」

ハミュッツは、頭を掻《か》いてごまかそうとする
「参ったわねえ。どうしましょ」

「いいよ。俺がどうにかしておくさ」

マットアラストがため息をつく。また厄介《やっかい》ごとが増えたと、その顔が言っている。

「それで、なぜ、殺した？」

冷たい声でマットアラストが言う。冗談やはぐらかしは許さない声色《こわいろ》だった。

「どうしてもね、殺しておかなきゃいけない人がいたのよ。あの船には」

「……それで？」

「一分、一秒でも早く殺さなきゃいけなかった。そして、殺したという事実も隠したかった」

「それで、皆殺しか」

「木を隠すなら森の中。殺人を隠すなら虐殺《ぎゃくさつ》の中。そういうことよ」

マットアラストは、さすがに不快そうな表情を隠せない。巻き添えになった、罪も無い人々の死。それに憤《いきどお》る良心は、マットアラストにもある。

「それで、殺せたのか」

「たぶん。あの船にいれば、死んでいるわ」

つまり、もしいなかったとすれば、彼らの死は全くの無意味ということだ。

「それで、そこまでして殺したかった相手とは？」

「……女よ。名前は、オリビア＝リットレット。

知っているのは名前だけ。顔も、年齢も知らないわ。そもそも生きてるのかいないのかもね」

「で、誰なんだ」

「そうね……わたしたちと神溺教団の、共通の敵というとこかしら」

それからハミュッツは、語りだした。オリビア＝リットレットという女のことを。マットアラスト以外の誰にも話せない、血塗《ちぬ》られた武装司書の裏面《りめん》を。

マットアラストは、不快さを抑えながら、ハミュッツの話を聞き続けていた。


この一年後、武装司書は、シガル＝クルケッサと激突する。その後には『怪物』事件。モッカニアの反乱。ラスコール＝オセロの探索と続く。

それらの戦いのどこにも、オリビア＝リットレットは関《かか》わらなかった。戦いの中で、彼女の名前は、多忙にまぎれて忘れられていった。

第一章 夜の邂逅

レナス＝フルールは目を開けた。

「……夢ね」

机に頬杖《ほおづえ》をついたまま、彼女は呟《つぶや》く。少しの間、うとうとしていたようだ。昼過ぎから客足が途絶《とだ》えている。これほど暇《ひま》な日は、最近では珍《めずら》しかった
秋の暖かい夕日の差し込む、小さな仕立て屋の店先に、レナス＝フルールは一人座っていた。

店内には男女様々な服がぎっしり吊《つ》られ、棚も同じく、たたまれた服でいっぱいになっている。虫除《よ》けの樟脳《しょうのう》の香りがつんと漂う。ガラスの扉の向こうには、開店中の札《ふだ》が吊られているのが見えた。店の前の大通りは、バントーラ図書館に続いている。この店は武装司書御用達《ごようたし》の仕立て屋だ。

「………今日で、ちょうど五カ月か」

レナスは呟く。昔の夢を見ていた。五カ月前、バントーラ図書館を揺るがせたモッカニアの反乱の夢だ。視力を奪われた闇《やみ》の中、大きくなった息子の背中に負われて、バントーラ図書館

を歩いた日の夢だ。

あれから五カ月が過ぎている。その間、バントーラ図書館にも、レナス＝フルールにも、穏《おだ》やかな日々が続いていた。反乱の重要人物とはいえ、レナス自身には何の能力もない。神溺《しんでき》教団に関《かか》わることも、何一つ知らない。拘束《こうそく》しても利益はなく、解放しても害にはならない。

ハミュッツたち武装司書は、そう判断し、レナスを自由の身にした。ハミュッツの紹介で職を得て、小さな部屋も借りた。図書館の歴史に残る事件の当事者だったことが信じられないほど、平和な生活をレナスは送っていた。

「すいません」

女の子の声とともに、ドアが開いた。褐色《かっしょく》の肌《はだ》の、拳《こぶし》に荒縄《あらなわ》を巻きつけた少女だ。胸に紙袋を抱えている。たしか、名前はノロティ＝マルチェといったはずだ。

「いらっしゃいませ。お買い物ですか？」

「いえ、ちょっと服の修繕をお願いしたくて」

そう言って、ノロティは紙袋を机に置いた。彼女が今着ているのと同じデザインの服が、数着入っている。どの服にも鉤裂《かぎざ》きや、焼け焦《こ》げた跡がついている。

「わかりました、見積もりを出しますから、少し待っていてください」

レナスは、一枚ずつ、破れた部分を確認し、代金を計算する。

「目は、良くなったんですね」

「ええ。最近は遠くもはっきり見えるようになっています」

そう言って、レナスは笑う。彼女の笑顔は美しい。やや切れ長の冷たい印象を与える目の形と、瞳《ひとみ》の奥に湛《たた》えた柔らかい光が、どこかアンバランスな魅力をかもし出す。

長い亜麻色《あまいろ》の髪は、白いリボンで束ねられて、左の肩越しに胸元に流れている。着ているのは、淡い青色のワンピース。飾り気のない、質素な雰囲気《ふんいき》が、細く艶《なまめ》かしい体を包み込んでいる。

「良かったですね、大事なくて」

「ええ。一時的に見えなくなる薬を射《う》たれていただけだと聞きました。お代金ですが、こうなります」

ノロティから代金を受け取り、レナスはつぎはぎに当てる布を探し始める。

レナスもノロティも、気づいていない。このとき、レナスを観察する者がいた。てきぱきとした手つきではさみを動かす彼女に、憎悪《ぞうお》と殺意が向けられていた。

『彼女』はレナスをじっと見ている。

目的は、殺すため。殺す機会をうかがうためだ。

レナスに殺されるべき罪があるか、といわれれば、ないと答えるしかない。しかし、『彼女』の殺意に迷いはない。

『彼女』はこれまで、信じられないほど多くのものを、奪われながら生きてきた。

命を奪われる人ならば、この世にいくらでもいる。誰もがいつかは、時間に命を奪われるのだから。

大切なものを奪われる人も、この世には多くいる。この世はしょせん奪い合いだ。

だが、『彼女』ほど多くを奪われた者が他にいるか。『彼女』ほど、大切なものを奪われて生きてきた者がいるか。この世の誰もが持っていて、決して奪われることのないはずのものを、奪われた者がいるか。

これは復讐《ふくしゅう》である。『彼女』から奪い続けてきた、世界への復讐である。

あの女が、レナス＝フルールが、世界の一員である以上、レナスも復讐の相手だ。

そして、レナス＝フルールは、手始めに過ぎない。『彼女』にはレナスを殺した後も、戦い続ける意志がある。

奪われたものを、取り戻すために。


針に糸を通しながら、レナスは言う。

「それにしても、よく服が破ける仕事ですね」

「ま、こういう仕事ですから」

ノロティが、ため息をつきながら答える。体のあちこちに、小さなやけどや切り傷がある。

「特に最近は、訓練が厳《きび》しくて。もう見習いのみんなぼろぼろですよ」

そのおかげで、店は繁盛《はんじょう》している。この店に来る客は、半分以上が武装司書と見習いだ。肉体強化の魔術で、傷はすぐに回復するが、衣服はそういはいかない。毎日のようにどこかを破損《はそん》

する。いくら高給取りとはいえ、衣装代もばかにならないだろうに。

「ずっと疑問に思ってるのですが、みなさん、どうして普段着で戦っているのでしょうか。戦いに向いた、動きやすい服を着たほうが良いのでは？」

ノロティは答える。

「武装司書は、いつ戦いになるかわからないんです。だから、普段着で戦えるように日ごろから訓練しておかなきゃいけないんです」

「大変ですね、武装司書も」

レナスは素直な感想を言う。その時、数人の客がどやどやと店に入ってきた。ノロティと同じぐらいの、若者たちだ。全員が体のどこかに包帯を巻いている。

「あ、みんな訓練終わったの？」

ノロティが尋《たず》ねる。彼らの顔には見覚えがある。武装司書の見習いたちだ。

「おいノロティ。今日という今日は言わせてもらう。あれなんとかしろ」

少年の一人が、びしっとノロティを指差す。

「あれって、エンリケさんのこと？」

ノロティが答える。見習いの一人が頭を抱える。

「ああ、その名前聞きたくない。名前を言うな。あれと呼べ」

別の一人が頭の包帯を撫《な》でながら言う。

「あいつさ、手加減って言葉知らないだろ」

「どう見ても俺らを殺す気満々なんですけど。暗殺していいですか。するなと言われてもしますけれど。つっても無理ですけど。勝てませんけど」

「つーかさ、あれ実戦練習じゃないよね。あれ実戦だよね」

見習いたちが、口々に文句をぶつける。ノロティは困っている。

「あのさ。エンリケさんの文句をあたしに言われても困るんだけど」

「お前に言わなきゃ誰に言うんだよ」

「そうだけどさ、あたしに言われても困るよ。というか、エンリケさんはエンリケさんなりに手加減してるんだよ。ただちょっと基準がおかしいだけなんだよ」

「その基準を問題にしているんだって」

見習いたちは文句を言い続ける。話題に上っているエンリケ＝ビスハイルのことは、レナスも知っている。かつては神溺教団の一員だったが、今は武装司書の協力者となっている人物だ。雷《いかずち》を操《あやつ》る実力者で、主に見習いたちの訓練相手をしているそうだ。

「つーかさ、あいつノロティに甘いわよね」

「え？」

ノロティが、不意をつかれたような声を上げる。

「うん。甘い甘い」

「そんなことないよ。あたしにもしばしば雷落としてくるよ」

「いや、甘いわね。砂糖のように甘いわ」

「うそうそ、勘違《かんちが》いだって」

「いいや違うね。お前が気づいてないだけだね」

見習いたちは、店先であることもわきまえずに、大声で話している。隣でレナスが見ていることも、忘れているようだ。

多少迷惑だが、不愉快《ふゆかい》ではない。充実した日々を送る彼らの姿は、レナスの目には、魅力的に映る。若々しい活力を体の中に、ぎゅっと詰め込んだようだ。

「そんなことより、どうなんだよ？　お前ら」

「どうなのって、何が？」

「鈍《にぶ》い！　なんという鈍さ！　二人の仲はどこまで進展しているのかを聞いているというのに！」

「進展って、何？　どういうこと？」

ノロティは慌《あわ》てふためく。他の見習いたちがため息をつく。

「おいおい、この調子じゃ盗《と》られるぞ。あいつ顔だけは良いし、狙《ねら》ってる女の子けっこういるぜ」

「え、え、そういう意味？」

レナスは、思わずくすくすと笑った。その声に、見習いたちの目がレナスに向く。

「あ、迷惑でしたか？」

「いいえ、かまいません。楽しいですよ」

レナスは、笑いながら言う。

「モッカニアも、あなたたちみたいだったのかしら」

「……………」

見習いたちは黙りこむ。モッカニアの名前を出されるのは、気まずいのだ。

「いい人でしたよ。皆に、好かれてました」

ノロティが言った。禁句に近いモッカニアの話題にも、ノロティは気にせずに話してくれる。彼女には、そういう良さがある。

「親しかったのですか？」

「そういうわけではないんですが、心配な人でした。風邪《かぜ》引かないかとか」

「………ありがとう、ノロティさん」

「いいえ、別にありがとうなんて」

日は傾きかけている。見習いたちは、ようやく時間と場所を思い出したらしい。

「じゃ、そろそろ帰りますね。さよなら」

そう言って、ノロティたちは去って行った。

「楽しい街ね、ここは」

レナスは彼らの背中を見送りながら言う。

「あの子は、どうして、あんなことをしたのかしら」

答える声はない。レナスは、一人服を縫《ぬ》い続ける。

『彼女』はじっと、レナス＝フルールを見ている。仕立て屋で、かいがいしく働くレナス。

憎《にく》い、と『彼女』は思う。『彼女』から大切なものを奪いながら、平和に生きているレナスが。しょせんは、神溺教団の生み出した駒《こま》ではないか。レナスは、モッカニアの反乱のためだけに生き返らせられた。その役目が終わった今、なぜレナスが生きている。

『彼女』は歯がゆさを噛《か》み締める。早く、早くレナスを殺したい。

待ちきれなくて、どうかなってしまいそうだ。


また、来客があった。すらりとした黒帽子の男性だ。名前はたしか、マットアラスト。雰囲気は飄々《ひょうひょう》として、威圧《いあつ》感の欠片《かけら》もないが、実力は武装司書の中でも有数だという。館長代行の候補者を意味する、一級武装司書の資格も持っているそうだ。

「この間注文したスーツ、できてますか？」

「はい。こちらに」

かなり値《ね》の張る、一点もののスーツを五着、平然と買い上げていく。着るものと趣味には金をかける人なのだろう。

「さっき、見習いたちが来たでしょう。ずいぶん、騒がせたのでは？」

「楽しかったですよ。元気な子たちばかりで」

「どうも、すいませんね」

マットアラストは恥《は》ずかしそうに帽子のつばを撫でる。

「最近、どうですか？」

「楽しく暮らしていますよ」

「いえ、そういう意味ではなくて。体のことです」

「………」

レナスの体は、レナスのものではない。本来、レナス＝フルールは十九年前に病《やまい》で死んでいる。今ここにいる彼女は、レナスの『本』から記憶と人格を複写した、偽《にせ》のレナスだ。言い方を変えれば、彼女は自分をレナス＝フルールだと思い込んでいるだけの人物だ。

彼女は、いつまでレナスでいられるのか。それは誰にもわからない。人間の心は繊細《せんさい》だ。心を病《や》む可能性は否定できない。本来の人格とレナスの人格が混ざり合い、別人になってしまう可能性もある。マットアラストはそのことを言っている。

「………ええ、心配は要《い》りません。自分を自分と認識できていますし、体調にも変化はありません」

レナスは両手を広げ、笑いながら答えた。

「そうですか。なら良かった」

マットアラストは安堵《あんど》したようだ。魔術協会の研究者が言うには、レナスの人格を破壊しようとする者がいなければ、問題はないという話だった。

「何か問題があったら、いつでも言ってください。武装司書が助力します」

「はい。ですが、いいのでしょうか。皆さんには別のお仕事がたくさんあるでしょう」

「………その、おせっかいを言うようですが、なるべく、あなたには平穏《へいおん》に生きていて欲しいと思っています。できるなら幸せでいて欲しい」

マットアラストは帽子のつばを下げる。照《て》れ隠しなのだろうか。

「はい」

「俺一人の意見ではありません。武装司書の総意です。モッカニアの事件は、正直、嫌な戦いでした。あれだけ派手《はで》に戦い、仲間を失い、それで誰も助けられなかったというのは………その、少し悲しい」

「………」

「俺たちは、時々、虚《むな》しくなることがあります。何のために戦うのか、何のために強くなるのか、そんなことを考え出すとね。

誰かの幸せを守れたと、そういう実感がないと悲しくなる。そういうことです」

「………はい」

「失礼。愚痴《ぐち》が出てしまいました。忘れてください。

何かあったらすぐに俺らに言ってください。それでは」

マットアラストは、店を出る。レナスは、かすかな罪悪感とともに、その黒い背中を見送った。

マットアラストの背中を見送りながら、『彼女』は嘲笑《あざわら》う。

世界最強に近い戦士だそうだが、自分の前では他愛《たあい》もない。いかなる戦闘力を持ってしても、レナスを守ることなど不可能なのだから。

誰にも邪魔はさせない。武装司書にも、誰にも。

さあ、はじめよう。もうじきだ。『彼女』は、頭の中で言葉をつむぐ。


マットアラストが去った後、「開店中」の札《ふだ》を「準備中」に変えた。レナスは、店の片付け、伝票の整理に一日の決算と、てきぱきと仕事を済ませていく。

「……………ごめんなさい。マットアラストさん」

レナスは、嘘《うそ》をついていた。彼女の精神には、異変が起きつつあった。それを、マットアラストには隠していたのだ。

異変を感じ始めたのは最近だ。

ときおり、自分のものではない感情がこみ上げてくる。それは決まって、憎しみや、怒りや殺意。今までのレナスとは無縁《むえん》の、ドス黒い感情だ。

ときおり、見覚えのない光景を夢に見る。それは垢《あか》と糞尿《ふんにょう》の臭《にお》いの漂《ただよ》う部屋の光景だ。

そしてときおり、頭の中に、聞き覚えのない言葉が、よぎることがある。

（………ず来るものは来ない。月は太陽。小鳥は魚。生者は骸《むくろ》。鋼………）

また聞こえた。頭の中で誰かが呟いている。自分に何が起きているのか、レナスにはわからない。ただ、はっきりしているのは、レナスはレナスではなくなりつつあるということだった。

「……頭、痛い」

レナスは頭を押さえる。謎の言葉が頭の中で響きわたる。

（……は夢にして、幻想は全《すべ》ての現《うつつ》なり。あるものはなく、なきものはあり、万物《ばんぶつ》を虚偽《きよぎ》と定……）

「なんなの……この言葉は」

そう言った瞬間、頭の中で、記憶が火花のように散った。白昼夢のように、見知らぬ思い出が蘇《よみがえ》る。

「……何、これ」

レナスは呟く。

忘れられた過去から、蘇ってきたのは、吐き気を催《もよお》す腐臭《ふしゅう》だ。乾いて黴《か》びたパンのくずを、摑《つか》んだ感触が思い出される。

そばにいるのは、垢と糞尿にまみれた人間たちだ。

レナスは恐怖する。その思い出の中の人間たちに。中空をぼうっと眺《なが》める彼らの目は、焦点が合っていない。どろりと濁《にご》った目には、知性の欠片も感じられない。

人間じゃない。人間の形をした何か。かつて、人間であった見知らぬ何かだ。

「なに、これ……思い、出したくない」

レナスの細い指が、顔を覆《おお》う。指の隙間《すきま》から細い悲鳴が漏《も》れる。肺が破れて空気が漏れ出すような、小さく絶望的な悲鳴だった。逃げられるなら、逃げたい。だがどこに走れば自《みずか》らの思い出から、逃げられるというのか。

体がバランスを崩《くず》す。支えようと手が伸びる。その手は壁に届かず、レナスの体は横倒しに倒れる。

「……はあ、はあ……」

四つん這《ば》いになったレナスの口から、吐瀉物《としゃぶつ》が撒《ま》き散らされる。吐き出した汚濁《おだく》の水溜《た》まりに顔を埋めて、もういちど、か細い悲鳴をあげた。

それを見ながら、『彼女』は思う。もうじきだ。あと少し、きっかけさえあれば、レナスはこの世から消える。レナスは消え、『彼女』の人格が蘇るのだ。

街を歩くマットアラストは、レナスのことを思う。今のレナスがどんな状態か知る由《よし》もない。

レナスは強い女性だ。モッカニアを失ったことが、悲しくないはずはないだろうに。その悲しさを受け入れながら、笑顔を失わない。なかなかできることではない。武装司書たちの持つものとは、また別の強さだ。

尊敬すべき人だとマットアラストは思う。

「それにしても、どうして嘘をつくのかね。レナスさん」

体調はどうだ、と聞いたとき、視線をマットアラストからそらした。嘘とはっきりとわかるしぐさだった。どうしたものかと考えながら、マットアラストは歩く。

ふと、立ち止まる。ミレポックから思考が送られてきた。

(マットアラストさん。休憩《きゅうけい》中のところすみませんが、頼みがあります)

(なんだい)

(ヴォルケンが、バントーラに帰還《きかん》します。出迎えに行ってもらえますか)

マットアラストの体に、緊張が走る。レナスのことは、優先順位の下位に回される。レナスのことも心配ではあるが、武装司書の仕事のほうが先だ。

「そうか。あいつ、帰ってくるのか」

そう呟いたマットアラストは、腰の銃に手を伸ばしていた。

「しょうがない。迎えに行くとするか」


ミレポックは、マットアラストと繋《つな》いでいた思考共有を切断する。そして、館長代行執務室の椅子《いす》に、だらしなく座るハミュッツに話しかける。

「三点、報告があります」

「なあに?」

シャツにウサギのアップリケを縫いつけながら、ハミュッツは答える。今日一日、ハミュッツは自分の服のアップリケを作っていた。裁縫はハミュッツの趣味だ。暇なときの彼女は、いつもそうしている。ミレポックもいまさら、咎《とが》めようとも思わない。

「グインベクス帝国の陸軍を調査していたミンスさんからです。神溺教団への物資供給の疑いがあった将校についてですが、ミンスさんが尋問《じんもん》を行う前に、自殺したそうです」

「あらま。やっぱり神溺教団に関わってたのね」

ハミュッツに、全く動じる様子はない。

「今後、その将校の交友関係を洗い、神溺教団の他の関係者を探すと言っています」

「いいわね、ミンス。あの男、戦い以外のほうがいい仕事するのよねえ」

シャツを裏返し、アップリケの出来栄《できば》えを確認しながらハミュッツが言う。

「二つめです。クラー自治区で見つかった、謎の施設を調査していたイレイアさんからです。

本日の午後、神溺教団の戦士を養成する訓練施設であることを突き止め、攻撃を開始しました。抵抗はありましたが、三時間ほどで撃滅を完遂《かんすい》しました。こちらの被害はないとのことです」

「ま、おばちゃんとボンボとビザクさんと、三人がかりなら、そうなるでしょうね」

「実力者三人を向かわせた代行の判断、間違っていませんでしたね」

あったりまえじゃない、とハミュッツは笑う。縫い付けていた糸を結び、八重歯《やえば》で切る。

「優勢ですね。戦いは」

ミレポックの表情が、思わずほころぶ。モッカニアの反乱以降、武装司書を脅《おびや》かすほどの攻撃は受けていない。そして神溺教団の闇のベールは、ゆっくりと剝《は》がされつつある。ミレポック自身もそれに大きく貢献《こうけん》した。

無論、優勢だからといって気を緩《ゆる》めるわけにはいかない。とはいえ、勝利の日が順調に近づいてきているのも事実だ。

「当たり前じゃないのよう。正面から戦えばさ、わたしたちが勝つなんて、初めからわかってたじゃない」

「はい」

「それよりも、三つ目の報告は？」

ハミュッツは、アップリケの出来栄えを満足そうに眺めている。

「はい。今から十分後に、ヴォルケンさんが帰還するそうです。マットアラストさんに出迎えを頼んだところです」

その時、余裕を見せていたハミュッツの手が止まった。シャツを机の上に放り出す。目が冷たく光る。

「そう、あいつ、帰ってきたのね」

その表情が、肉食獣の笑みを浮かべる。

「けっこう意外ねえ。言われたとおりに帰ってくるなんて。あの子、自分がこれからどうなるか、わかってないんじゃないかなあ」

ミレポックは、その言葉と表情に、かすかに戦慄《せんりつ》を覚える。同期の武装司書であり、親友であるヴォルケン。彼の今後に、ミレポックは不安を抱かずにはいられなかった。

バントーラ過去神島の港に、一機の水上飛空艇《てい》が着水する。旧式の小さな飛空艇だ。波にゆっくりと揺れる飛空艇から、一人の青年が降り立つ。彼をマットアラストが出迎える。日は暮れている。闇に溶け込んでいくようなマットアラストの姿から、静かな威圧感がただよう。

「久しぶりだな、ヴォルケン」

「久方ぶりです。マットアラストさん」

そう言って、ヴォルケンが一礼する。

年は、二十歳《はたち》にはわずかにとどかない。すらりとした体格の、長身の青年である。髪は若草色。その表情は、北の海に浮かぶ氷山を思わせる。冷たく、硬《かた》く、ゆるぎない。己《おのれ》にも、他人にも厳《きび》しい人物であることが、その顔を一目見るだけで理解できる。

服は、黒と赤銅色《あかがねいろ》のカソック。袖《そで》には錠前《じょうまえ》のエンブレムが刺繍《ししゅう》されている。古代から受け継がれている武装司書の制服である。だが、最近の武装司書は、服装は自由だ。今どきこんな古風な服は誰も着ない。

しかし、古風であるゆえに、彼には実に似合う。

彼の名前は、ヴォルケン＝マクマーニという。

「会うのは、アロウ沖事件以来かな？」

そう言いながら、マットアラストは銃を抜いた。その銃口が、ヴォルケンの心臓を狙う。必中にして、必殺の銃である。その銃口を前にしても、ヴォルケンは動じない。眉《まゆ》一つ、指の一本も動かない。おそらくは心拍すら乱れてはいないだろう。

「そのとおりです」

「言っておくがね、ヴォルケン。モッカニアの反乱以降、武装司書はナーバスになってるんだよ。特に、裏切り者に対してはね」

「俺は裏切り者ではありません」

「口で言うのは簡単なことだよな」

マットアラストの指が引き金にかかる。

「殺すつもりですか？」

「さてね。どうしようか」

薄く笑うマットアラストに対し、ヴォルケンの表情は動かない。マットアラストの殺気に気《け》圧《お》されてはいない。それだけの胆力《たんりょく》と戦闘力がヴォルケンにはある。

「俺を殺し、その『本』を読めば事実は明白なものとなります。それが全武装司書の決定ならば俺は従います。ただし、それがあなたの独断ならば」

ヴォルケンの指が動く。腰の剣に指先が触れる。

奇妙な剣である。いや、剣と呼称《こしょう》していいものか。外見は鉄の輪《わ》である。輪の中に、短い刃《やいば》が二本収められている。ヴォルケンの腰には、その輪が十二本ぶら下がっている。十二本の輪は、その機能から、マクマーニの舞剣《まいけん》と名づけられた武器だ。

「最大限の力で抵抗させていただきます」

十二本の舞剣が、同時に揺れ動く。それを見たマットアラストは、銃を下げる。

「独断《りょうしょう》だよ。悪く思うな。カマをかけてみただけさ」

「了承しました」

マットアラストは、無防備に背中を向けて歩き出す。ヴォルケンも彼について歩き出す。

ヴォルケン＝マクマーニには、重罪の容疑がかかっていた。容疑の内容は、神溺教団への利《り》敵《てき》行為である。

二年前武装司書は、アロウ沖で神溺教団の船を撃滅した。船の中から、教団が保持していた秘宝を押収《おうしゅう》した。

その中の一つに追憶《ついおく》の戦器、自転人形ユックユックがあった。図書迷宮の第四封印《ふういん》書庫に収められ、厳重に監視されていた。

その自転人形が、偽物《にせもの》にすりかえられていることが、先日判明したのだ。

モッカニアの仕業《しわざ》ではないかとも言われたが、調査の結果、別人の犯行であることがわかった。そして、犯人がヴォルケンであることも、ほぼ判明していた。

ただの盗みではない。盗まれたのは、神溺教団が保持していた兵器である。容疑は盗難から、神溺教団への利敵行為になっていた。

「通告しておいたが、明日、お前の裁判が開かれる。出席するのは代行と、一級武装司書全員。それと規定どおりの、二十五人以上の武装司書だ。今バントーラにいる奴《やつ》は全員出るから、まあ三十人は超えるだろう」

「わかっています」

「お前が無罪を証明できれば、何もなし。有罪に決まったら……まあ、わかっているな」

「はい」

落ち着いているな、とマットアラストは思う。すでに証拠は出揃《でそろ》っている。ヴォルケンが盗み出したことは、ほぼはっきりしているのに、この落ち着きはなんだろう。

不可解な気持ちで、マットアラストは歩き続ける。

「今日は、月が綺麗《きれい》だな」

ヴォルケンは、機械的なしぐさで月を見上げた。海の向こうから、月が昇りかけていた。満月にはいささか足りない。空気が最も澄《す》んでいるとき、月は銀色に輝く。月は、新品の銀のスプーンのような色だった。

「……そうですね」

奇妙な雰囲気だった。疑われることも、裁判を受けることも、さも当然のような表情だ。だが、無罪を確信しているような表情でもない。

これは、戦いに赴《おもむ》くときの顔だ。マットアラストはそう思った。


日が暮れた後のバントーラ図書館に、利用客の姿はない。受付のあるホールの中には、仕事

を終えた武装司書や、訓練を終えた見習いたちの姿があった。

マットアラストが扉を開ける。後ろに立つヴォルケンを見つけると、武装司書たちに緊張が走る。思わず腰の得物《えもの》に手をかけた者すらいた。

「みんな、落ち着け」

マットアラストが、両掌《てのひら》を見せて言う。

「殺すのは、容疑が固まってからだぜ」

その言葉は、緊張を解きほぐしはしない。戸惑《とまど》いと緊張の視線が、ヴォルケンに向けられ続ける。

その中で、ヴォルケンは冷静に周囲を見渡している。ずいぶん、落ち着いているなとマットアラストは思う。

「あれは誰ですか?」

と、一人の人物を指し示した。ホールの隅《すみ》で腕を組む、透明な髪の男だ。

「エンリケ君だ。知ってるかい?」

「話には聞いていましたが、会うのは初めてです」

そう言いながら、ヴォルケンはエンリケに近づく。

「誰だ。敵か、味方か」

「味方です。武装司書の、正義を信じる者の」

「………」

エンリケは、ヴォルケンの顔をじっと見る。値踏《ねぶ》みをしているのだろう。強いのか弱いのか。殺すべき相手かそうでないのか。

「よろしくお願いします」

ヴォルケンが、手を伸ばす。エンリケはその手を握り返す。

「エンリケ＝ビスハイルだ」

「ヴォルケン＝マクマーニです」

その時、エンリケが小さく呟くのを、マットアラストは聞いた。

「……………できるな」

すぐに、エンリケはヴォルケンの手を放す。そして、図書館の出口へと歩いていく。

「どこへ？」

すれ違いざま、マットアラストが尋ねた。

「帰る」

エンリケは、不穏《ふおん》な空気に包まれた図書館の中を見渡しながら言う。

「何か、事情があるようだが、俺は図書館内部のことには関係ない。人と会う約束をしている。行かせてもらうが、構わないな」

「デートかい？」

エンリケは冗談を無視し、外に出て行った。

ホールの中の空気は、わずかに変化している。ヴォルケンが入ってきたときは、純粋な敵意と疑惑だけが彼に向けられていた。しかし、エンリケと話したときの堂々たる態度。それに皆の視線に動じないヴォルケンの姿が、ホールに満ちた敵意を、少しだけ和《やわ》らげていた。

裏切り者のとる態度ではない。皆が、そう思い始めているのが見て取れた。

「みんな。聞いてくれ」

と、ヴォルケンが口を開いた。よく響く声に、武装司書全員が耳を傾ける。

「俺にかけられている容疑……自転人形ユックユックを盗み出したという容疑。それは………」

しばし、間を置いた。長い静寂が過ぎた後、ヴォルケンは宣言した。

「事実だ」

驚愕《きょうがく》が、ホールを揺らした。マットアラストも、危うくパイプを落としかけた。

「だがそれは、教団への利敵行為のためではない。我々、武装司書のためだ」

「なぜ」

声が上がった。しばしヴォルケンは言葉を止め、考える。

「今は、話せない。話すべきときは明日。明日の、裁判で全てを話す」

今度は戸惑いに、武装司書たちが揺れる。

「よく聞いてくれ。楽園時代が終わり、この世界が人の手に渡ってから千九百年。その間、平和と正義を、守ってきたのは誰だ。

世界の悪《あ》しき意思から、人々の『本』を守ってきたのは誰だ。

神溺教団と戦い続け、平和を守ってきたのは誰だ。武装司書が、正義を失えば、この世から正義は失われる」

「……」

「今、武装司書から、正義が失われようとしている。俺が戦うのは、それが許せないからだ」

その時、ヴォルケンの目がホールの出入り口へと向いた。いつの間にか中に入ってきていた、一人の人物を見つめる。

「俺は、武装司書から正義を奪うものを、この図書館から放逐《ほうちく》する。俺の行動は、そこから足を踏み外したことはない」

ヴォルケンの目の先には、ハミュッツ＝メセタが立っていた。傍《かたわ》らに、側近《そっきん》のミレポックを引き連れ、いつもの肉食獣の笑みを浮かべて立っていた。

「……素晴らしいわ」

そう言って、ハミュッツは拍手《はくしゅ》を始めた。

「全員拍手！」

ハミュッツがそう言うと、つられて武装司書たちからも拍手が起こる。ぱらぱらとした拍手がやむころ、ハミュッツは楽しそうな口調で言う。

「いい演説ね。ヴォルケン。久しぶりに会うけど、少し背が伸びた？」

ヴォルケンは答えない。その表情が、初めて変化した。明白な敵意が、ハミュッツに向けられていた。

「いい目になったわね」

ハミュッツが、にやりと笑う。それは、戦いを何よりも愛する彼女が、敵を見るときの笑みだった。武装司書たちは誰もが、ハミュッツに、この笑顔を向けられることを恐れている。

「今すぐに、殺しあいたい気分だけどねえ。ヴォルケンは、会議で戦うほうが好みでしょう?」

「………」

「いいわ。付き合ってあげる。明日の楽しみにしておくわ。さて」

ハミュッツは手を大きく叩《たた》き、武装司書たちに呼びかける。

「仕事がある人は、働く。ない人は帰って休む。いつまでも無駄な時間過ごしてるのは、いけない子よ。

ヴォルケンは明日まで自由にしてていいわ。監視も必要ないわ。ここまで来て、まさか逃げるなんてことないでしょう」

そう言って、ホールの外に向かって歩く。そして振り返って言う。

「不意打《ふいう》ちなら歓迎するわ。いつでもおいでなさい」

ヴォルケンは黙って、ハミュッツを見つめていた。

居並ぶ武装司書たちの、誰もがわかっていた。これは、モッカニアの反乱とは全く質の違うものだと。佇《たたず》むヴォルケンを、大きな不安と、わずかな期待を込めた目で見つめていた。

武装司書から正義が失われようとしている。

正義を奪うものを放逐する。

それが誰のことを言っているのか、わからない者はこの場に一人としていないだろう。


マットアラストは、ハミュッツに追いついて話しかける。

「ハミ。たいした宣戦布告だな」

「あんたも銃を向けてたじゃない。だめよ。勝手なことしないでよう」

「はいはい」

二人は歩く。ハミュッツは触覚糸《しょつかくし》で、周囲に耳のないことを確かめているだろう。マットアラストは、他の人に聞かれてはならない言葉を口に出す。

「おそらく、きっかけはアロウ沖事件だな」

「たぶんね。あの事件で、あの子は何かを見たのよ。見てはいけないものをね」

マットアラストは陰鬱《いんうつ》に、ハミュッツは実に楽しそうに話している。

「それだけじゃないな。たぶん、他にもいろいろ知ってそうだ」

「誰が教えたのかしらねえ。楽園管理者のアホが、また余計なことをしたのかね。それともラスコールが『本』を見せたか。どっちかしら」

「フォトナさんはどうだろう」

「それはないと思うけどなあ」

二人は歩き続ける。

「で、あいつどこまで知ってるんだろう」

「さあねえ。ここまで派手に仕掛けてくるんだから、よほどのことまで知ってると思うけど」

「神溺教団と武装司書の関係とか？」

「さあ」

「それとも、天国の正体とか？」

「どうかしらねえ」

ハミュッツは、立ち止まり、マットアラストに笑いかける。

「ま、最悪、わたしとあんた、図書館から追い出されるわよ」

「それどころじゃないだろ。武装司書が壊滅する可能性もあるぞ」

「ま、なんにせよ、楽しみにして損《そん》はないってことよねえ」

マットアラストは、やれやれと首を振る。

「さて、どこまで知っているのか。そして、どこまで手に入れているのか。がんばりなさいよ、ヴォルケン」


ヴォルケンは、バントーラ図書館を出ようとしている。そこに、ミレポックが話しかけた。

「ヴォルケン」

普段の彼女を知る者なら、たとえばノロティなら、その声色《こわいろ》に戸惑うだろう。ひどく気弱な、怯《おび》えたような声だった。無防備に、こんな声を出す女性ではない。

「……ミレポック、俺に関わるな」

ヴォルケンは首だけで振り向き、そう言い放つ。

「本当だったの？　私は、ずっと嘘だと信じていた」

「俺は嘘はつかない。自転人形ユックユックを、盗み出したのは俺だ」

信じられないと、ミレポックは首を振る。

「何のために？」

「俺の本意じゃない。やむなくだ。ハミュッツを、館長代行の座から追い落とすために、どうしても必要だった」

「代行を……」

「ハミュッツの側近のお前なら、あいつの本質もわかるだろう。お前ほどの人間が、わかっていないはずはない」

ミレポックは言葉を失う。

ハミュッツの本質。表向きは誰よりも、強く有能な人物だ。戦闘でもそれ以外でも、ハミュッツの功績は大きい。だが、その本質はどうだろう。

ハミュッツが悪だと言われたら、やはりそうかと、納得してしまう。そういう得体《えたい》の知れなさが、彼女にはある。

「これ以上、俺に近づくな。お前は、ハミュッツの側近だ」

そう言って、ヴォルケンは歩み去ろうとする。その袖を、ミレポックが掴んだ。

「待って」

ヴォルケンは足を止める。

「私はずっと、ヴォルケンを尊敬していた。私より何倍も強くて、誰よりも正義に忠実で。私たちの間には、信頼関係があると、ずっと思っていた」

「……………」

「そう思ってたのは、私だけ？　ヴォルケンは、私なんて眼中にもなかったの？」

ヴォルケンは、ミレポックに背を向けながら、しばし考える。

「……………お前のことは信頼している。あとは、お前の問題だ」

そう言って、立ち去ろうとする。だが、ミレポックは手を放さない。

「最後に、聞かせて」

ミレポックは、ためらいながら言う。

「代行に、勝てるの？」

ヴォルケンは、しばし沈黙し、答える
「……………勝てる」

ミレポックが手を放す。それと同時に、ヴォルケンは去っていった。

「ヴォルケン。嘘が下手なのは、唯一《ゆいいつ》の欠点ね」

その背中に、ミレポックは呼びかけた。聞こえては、いないだろう。

時を同じくして、エンリケは一人、館下街を歩いている。ヴォルケンなる人物のこと、多少気にはなるが、エンリケの知ったことではない。

武装司書にならないかと誘われたことがあったが、拒《こば》んだ。わずらわしい規則や、誰かの命令に縛《しば》られるのは嫌いだった。エンリケが武装司書に協力するのは、ノロティに受けた恩を返すためでしかない。そのあたりの我儘《わがまま》さは、『怪物』の島にいたころと、実はあまり変わってはいない。

エンリケは、待ち合わせの交差点に着いた。辺《あた》りを見渡す。

待ち合わせの時間は、少し過ぎているはずだが。エンリケはしばし待つが、やがて諦《あきら》める。

「……………いないな」

「まだ、店にいるのか？」

そう言いながら、エンリケは歩き出す。

緩やかな坂を下り、商店街へと足を向ける。目的地は、その一角にある仕立て屋だ。約束の相手は、レナス＝フルールだった。

扉には準備中の札《ふだ》がかかっている。しかし鍵《かぎ》はかかっていなかった。

中に足を踏み入れる。エンリケは中の光景に、小さな驚愕の声を上げた。

床のそこかしこに、吐瀉物が散らばっている。ところどころに血が混じっている。

店の隅に、レナスが膝《ひざ》を抱えてうずくまっている。その顔は、普段の彼女を知る者なら、目を背《そむ》けたくなるだろう。涙と、汚物が顔にこびりついている。拭《ぬぐ》った様子すらない。

力なく肩を震わせながら、呆然《ぼうぜん》と、宙を見据《みす》えて泣いている。

「レナス！」

エンリケが駆け寄る。呼びかけても、何の反応もなかった。

「レナス＝フルール！」

肩を揺らす。レナスの体は、死者のように力なく揺れる。エンリケは指をレナスの額《ひたい》に当てた。そして最小限に力を絞《しぼ》った雷撃《らいげき》を放つ。

「ぎ！」

悲鳴とともに、レナスの体が跳《は》ねる。エンリケはもう一度、体を揺らす。今度は人間らしい反応があった。うつろな目でエンリケを見、その後、周囲を見渡した。

「……あ」

今の状況を理解したのか、レナスがよろけながら立ち上がる。

「掃除、しないと」

「その前に顔を洗え」

エンリケが、レナスの体を掴み、手洗いに押し込む。エンリケはその間に、モップを手に床を拭《ふ》き始めた。

「落ち着いたか」

「はい」

手洗いから出てきたレナスは、やや顔が青いことを除けば平常に戻っている。エンリケはモップを無造作《むぞうさ》に絞り、戸棚の中に放り込んだ。

「……二度目だな。しかも、前よりずっとひどい」

「……はい」

レナスはうつむいて言う。エンリケはその煮え切らない態度に、わずかに苛立《いらだ》ちを覚える。

二人が言葉を交わすようになったのは、最近のことだ。思えばこの二人は共通点が多い。現在の体が、本来の肉体ではないこと。そして、本来の肉体はすでに死んでいること。ある意味では、二人は同じ立場にいる。

「なぜ武装司書たちに相談しない」

「……それは」

レナスは口をつぐむ。

「俺を頼るな。俺では助力にならない」

「ですが……すいません。他の方に相談するのは、もう少し待っていただけませんか」

エンリケは透明な髪の毛を、ぐしゃぐしゃと掻《か》く。どうにもやりづらい。仕方なく話題を変える。

「それで、今日は何の用で呼んだ」

「この間から、頭の中でおかしな声が聞こえます。どういう意味か知らないかと」

「どんな言葉だ」

レナスが、たどたどしくその言葉を言う。エンリケはそれを、途中でさえぎった。

「知っている。知らないわけがない。それは魔術審議の時に唱《とな》える文言《もんごん》だ」

「なぜ、そんなものが聞こえるのでしょうか……」

「それは……」

エンリケには漠然《ばくぜん》とだが予測がつく。魔術審議が行われているのだ。

行っているのは、レナスではない。レナスの人格を植えつけられる前の、本来の人格だ。

では、どういう魔術審議を行っているのか。

「レナス。昔の思い出が、蘇っているんだな。お前の知らない思い出が」

「はい」

エンリケは考える。おそらく、「消された記憶を取り戻す」という魔法権利を、獲得しようとしているのだろう。それで、説明はつく。

しかし問題は、そんなことが可能なのかということだ。

記憶を奪う追憶の戦器、虚構抹殺杯《まっさつはい》アーガックスの力は強大だ。生半可《なまはんか》な魔法権利では記憶を戻せるわけがない。事実、エンリケも記憶を取り戻すための魔術審議を行っているが、成功の糸口すら摑めていない。エンリケは、自分を天才と自負している。その自分にもできないことなのだ。

エンリケ並みの才能を持った者が、数年の歳月を費《つい》やして、なお成功率は五分だろう。

「……とにかく、もう限界だ。俺一人の手には負えない」

「エンリケさん。お願いします」

「なぜ、隠す！」

エンリケが拳で壁を打つ。樫《かし》の壁に小さなひびが入った。

「……申し訳ありません」

レナスは、深く頭を下げた。エンリケは、言葉を失う。

「エンリケさん。私は、誰なのでしょう」

「お前は、レナス＝フルールだ」

「……私は誰だったのでしょう」

「考えるな。お前はレナス＝フルールだ。俺は、お前を失いたくない。ノロティがお前を好いている。俺はあいつと、あいつが大事にしているものを、守るためにここにいる」

「いい人ですね。エンリケさんは」

「………ふん」

エンリケは小さく鼻を鳴らす。そう言われるのは心外だ。今の自分がかつての自分と、どれほど変わったというのか。

「今すぐにでも、バントーラに連れて行きたいところだが、今は少しごたごたしているらしい。明日また来る。嫌と言っても連れて行くからな」

そう言って、エンリケは足早にレナスの店を出て行った。

レナスの中で、『彼女』は思う。惜《お》しかった。あと少しで、レナスの人格を破壊できたのに。邪魔をしたエンリケに、心の中で悪態《あくたい》をつく。

あのエンリケも、気に入らない。神溺教団の肉の分際《ぶんざい》で、平和な生活を謳歌《おうか》している。さぞ、楽しいことだろう。さぞ幸せなことだろう。死んでしまえ。『彼女』は心の中で呟く。

だが、できることは呪《のろ》うことだけだ。戦闘能力を持たない『彼女』は、天地がひっくり返ってもエンリケを殺すことなど不可能だ。

それにしても、まずいことになった。武装司書にばれたら困る。最悪、ようやく取り戻しかけた自分の記憶を、アーガックスの水で消されてしまうかもしれない。

困った。どうすればいい。『彼女』は心の中で呟き続ける。

――を、取り戻さなくてはいけないのに。取り戻したくてたまらないのに。

『彼女』には、取り戻さなければいけないものがある。だが今は、それが何かも忘れてしまっていた。

同じ頃、ヴォルケンは館下街を歩いていた。目的はない。ただ落ち着かないだけだ。

マットアラストや、武装司書たちに対峙《たいじ》したときは、堂々としていた。だが本当は、内心の不安を隠しきれたというだけだ。裁判は明日。そこで何が起きるか、ヴォルケンには予想がついていた。

(代行に、勝てるのですか?)

ミレポックの言葉が頭をよぎった。

勝てる。口ではそう言った。だが、嘘だ。勝ち目はゼロに等しい。

明日、ヴォルケンはユックユックを盗み出したことを認めたうえで、犯行の目的を明らかにする。それは、ハミュッツ＝メセタを弾劾《だんがい》するため。悪行《あくぎょう》の証拠を集めるためだ。

ハミュッツ＝メセタは、アロウ沖の戦いで、罪もない肉たちを皆殺しにした。それは確かなことだ。証拠もある。

武装司書たちに、衝撃が走るだろう。ハミュッツへの不信感はさらに募《つの》るはずだ。

だが、ハミュッツ＝メセタはこう反論する。

「確かに、殺したのはわたしよ。でもねえ、彼らは神溺教団の一員よ。飼われ、無力だったとはいえね。

ま、ヴォルケンの言うとおり人道的には問題だけど、それだけよ」

ハミュッツに多少の処分は下されるかもしれない。だが、それ以上のことにはならないだろう。ハミュッツは館長代行の地位にとどまる。そして反逆したヴォルケンに、いずれ報復が下されるだろう。適当な理由をつけて追放されるか、あるいは秘密裏《り》に消されるか。

(俺に近づくな)

ミレポックにそう言ったのは、その結末が見えていたからだ。あの頼りない親友を、巻き込みたくはない。

「……くそ」

思わず、呟いてしまう。

ヴォルケンが求めたのは、その先だ。ハミュッツはなぜ肉たちを殺したのか。真の理由を暴《あば》き、その証拠を見つけ出す。それをハミュッツと、武装司書の眼前に突きつけなくてはいけない。

そのために、ヴォルケンは証拠集めに奔走《ほんそう》した。

そのために、自転人形ユックユックを盗み出すという、暴挙にまで出た。

だが。

と、その時。暗がりの道の向こうに、人影を見つけた。ハミュッツ＝メセタだった。

「やっほー」

ハミュッツは軽く挨拶《あいさつ》をする。まるで、緊張感がない。ヴォルケンが脅威《きょうい》にならないことを知っているのだろう。

「ねえ、ちょっとお話ししない？」

「断る」

ヴォルケンは、先輩の武装司書には必ず敬語を使う。しかしハミュッツに対してだけは例外だった。ハミュッツはため息をつく。

「どうして嫌うのかなあ。わたし、あなたに嫌われるようなことしたっけかなあ？」

「明日、話すと言ったはずだ」

ハミュッツはヴォルケンにまとわりついてくる。

「ねえ、どうしてわたしに歯向《はむ》かおうなんて思ったの？　まあ、あんたに嫌われてんのは知ってたけど」

「俺はお前の悪行を知った。理由はそれだけだ」

「……いつのことかな？」

ハミュッツは、笑い、頭をぽりぽりと掻く。

「これはわたしの予想だけどね、あんたはまだ証拠を手に入れていないんじゃないかな」

動揺を隠そうとするが、無理だった。顔色を変えてしまっただろう。

「そこそこのところまでは知ってる。でも、わたしを追いつめてはいない。そんなところでしょ」

完全に見透かされていた。ヴォルケンは歯噛《はが》みする。

「ねえ、もうよしなさい。わたしだってそんなに怒ってるわけじゃないのよう。自転人形ユックユックを返して、今までどおり仲良くやって、それで良いじゃない」

「いやだ。俺はお前を許したくない」

「なんだってそんな嫌うのよ。参ったなあ」

参ったと口では言いながら、目は笑っている。若い戦士の反乱を、心から楽しんでいる顔だ。

「まあいいわ。また明日ね」

それだけを言って、去っていった。

ヴォルケンはその場にとどまり、月を見上げた。上りきっていない月は、バントーラ図書館の屋根のそばで輝いている。

肉たちを殺した真の目的。それが、まだわかっていない。どうしてもわからなかった。

「…………くそ!」

ヴォルケンは、掌に拳を打ちつけた。

探したのは一人の女性である。全ての真実を知り、全ての証拠を握っている。自転人形の本来の持ち主でもある。だが、生きているのか死んでいるのか、それすらもわかっていない。

その人物の名前は、オリビア＝リットレット。沈んだ船の中にいた、肉の一人であった。


エンリケは、館下街にある自宅に戻るつもりだった。だが気が変わって引き返した。

もう一度、レナスの働く店に行った。レナスはまだいた。店の掃除をしていた。

「あら、どうしましたか、エンリケさん」

別れた時よりも、やや落ち着いているように見える。精神的にも安定しているようだ。

言うべきか、言うまいか。エンリケは悩む。

「どうしました?」

エンリケには懸念《けねん》がある。実はとっくの昔に手遅れなのかもしれないという懸念だ。レナスの人格はほとんどすでに消滅しているのではないか。

しばらくの沈黙の後《のち》、言う。

「聞きたいことがある。お前は誰だ」

しばし、沈黙が流れた。何を言っているのですかと、答える声をエンリケは期待した。しかし期待は裏切られる。

「……………け、は、けははは」

レナスは、奇妙な声を上げた。それが、笑い声だと気がつくまでに時間がかかった。

「誰と言われてもなあ。まだ、自分の名前もわからないんだよ」

落ち着いたレナスの口調が、一変していた。語尾を不自然に上げる口調。

顔が変わっている。憂《うれ》いを笑顔に包み込んだ、いつもの表情は消えていた。代わりに現れてきたのは、歪《ゆが》んだ奇妙な笑顔。頰《ほお》を歪ませて高らかに笑っているが、目は全く笑っていない。

「誰だろうね。なあ、エンリケよ、あたしは誰だと思う？」

やはり、そうだったのか。エンリケは絶望を覚える。

「おそらく、元の人格だろう。レナス＝フルールの記憶を植えつけられる前の。魔術審議に成功し、レナスの人格を押しのけて外に出てきたのだろう」

レナス……いや、『彼女』はまた嘲笑う。

「そのとおりだな。わかってるならわざわざどうして聞きに来るんだね」

「……………レナスを、壊したのはお前か？」

『彼女』は何がおかしいのか、さらにひとしきり笑った。

「なあ、エンリケ。実を言うと、ありがと、って言わなきゃいけないんだよな。こうやって外に出られるようになったのは、たった今なんだな」

「どういうことだ」

「つまりな、周りの奴らが、あたしをレナスと呼ぶから、こいつは自分をレナスだと思い込んでたんだよ。とっくの昔にこいつの人格は壊れてたのさ。お前らが、こいつを支えてたんだよ」

　では、エンリケの行動は、逆効果だったということか。

「あんたが思ってるとおりだな。レナスはあんたが壊したんだよ。酷《ひど》い男だねえ、さすがは『怪物』だ」

　エンリケの指に、パシ、と火花が散った。言ってはならない言葉を、『彼女』は言った。

「おや、攻撃するかね。いいよ。別に、死ぬのはあんたの大事なレナスだけどね」

『彼女』は両手を広げて笑う。エンリケが攻撃できないことを知っている。

　嫌な目だ、とエンリケは思った。他人のことなど、眼中に入っていない者の目だ。人の死を、人の不幸を、なんとも思わない者の目だ。

　よく知っている。それは、かつてのエンリケの目だ。

「ああ、よかった。せいせいした。あたしはもう、我慢《がまん》の限界だったね。この馬鹿《ばか》女の人格に支配されているのはね。ようやく、あたしはあたしに戻れた」

「レナスが嫌いか？」

「ああ。嫌いさ。馬鹿な女だよ。なんにもしないで、めそめそ甘ったれてる女さ」

「意見が合わんな、お前とは」

「そうかい。まあいいよ。あんな馬鹿女のことは忘れなよ。どうせとっくに死んでるんだからさ、どうでもいいだろ」

「そうは思わないな」

エンリケは言う。レナスは尊敬に値《あたい》する人物だった。そして、今、目の前にいる女は、そうではない。

「そうかな。本当に？」

『彼女』がエンリケに歩み寄ってきた。

「守りたいとかどうとかさ、ごちゃごちゃつまらないこと考えるなよ」

そう言いながら、『彼女』がエンリケの前に立つ。近すぎる。普通に話す距離ではない。

「素直になれよ、つまりこういうことだろ？」

『彼女』が手を伸ばした。エンリケの首筋に手を当て、ゆっくりと滑らせる。うなじを掌で撫で、息を鎖骨《さこつ》の辺りに吹きかける。

「つまり、こういうことだろ？　見え透いてるよ、あんたのことは」

上目遣《うわめづか》いに、エンリケの顔を見つめる。形の整った、切れ長の目。胸の先が、エンリケの胸《むな》板《いた》にかすかに当たる。

「素直になってもいいんだよ」

「そうか。そうさせてもらおう」

　エンリケはそう言って、『彼女』の手に火花を散らした。驚かせるだけだ。やけどの跡もつかない雷撃だった。

「……痛《いて》えな」

『彼女』はエンリケから飛びのき、手の甲《こう》を撫でる。

「なんだよ。乙女《おとめ》よろしく、操《みさお》でも立ててんのか？　それとも性的な意味で子供なのか？」

　一言一言、不愉快な女だと、エンリケは思った。『彼女』はにやにやと笑いながら、なおも話しかけてくる。

「悪かったよ。なあ、エンリケ。実を言うと、あたしは助けて欲しいんだ」

「何を助けることがある？」

「あたしは、取り戻したいものがある。どうしても、取り戻さなきゃいけないものがあるんだよ。記憶もない、味方もいない今のままじゃ、どうしようもないんだよ」

「それはなんだ」

「まだ思い出せない。でも、それはあたしの大事なものなんだ。あたしそのものと言っていい。取り戻せないなら、生きる意味もない。それぐらい大事なものなんだ」

「……」

「頼むよ。本当に頼んでるんだよ。同じ、神溺教団の肉じゃないか。助けてくれ」

　騙《だま》そうとしているわけではないと思う。だが、頼みをきいてやるつもりもない。

「……レナス」

と、エンリケは言った。もう一度大きな声で言う。

「レナス＝フルール！」

この女は言っていた。彼女をレナスと扱《あつか》うことで、レナスの人格は保たれていたと。ならば、こうすればレナスは戻ってくるはずだ。

「ああそうかね。あたしより、あの女が大事か」

エンリケの思惑《おもわく》は、的中していたのだろう。『彼女』の顔が怒りに歪む。

「レナス＝フルール！」

「死ね、くそったれ」

そう吐き捨てると同時に、『彼女』の体がよろけた。一瞬後には、表情も変わった。エンリケの見知った、レナスの顔だった。レナスとエンリケは、互いに見つめ合う。エンリケの責《せ》め立てるような目に、レナスは申し訳なさそうにうつむく。

「事情はわかっているな」

「はい」

「どうして、こうなる前に言わなかった。手立てはあったはずだ」

レナスは黙りこくっている。

「お前、本当は、こうなることがわかっていたんじゃないか？」

レナスは頷《うなず》く。

「なら、どうして何もしなかった！」

レナスはうつむいたまま、頭を下げる。

「ごめんなさい。エンリケさん。私に、関わらないでください」

「呼んだのはお前だ」

「呪文《じゅもん》の意味を聞いただけです。それ以上、踏み込んで欲しかったわけではありません」

「なぜだ!?」

レナスは、何も言わない。エンリケはレナスの口が開くのを待つ。じっと、時間だけが過ぎる。

先に、エンリケが痺《しび》れを切らした。

「もういい」

そう言って、苛立ちを隠そうともせずに、エンリケは外に出て行った。知ったことか。勝手にすればいい。そう思いながら、館下街を歩いていった。


レナスは一人、店の中に残される。エンリケを怒らせたことが、心に重くのしかかる。

店を、閉めなくてはいけない。レナスは、閉店作業を続ける。

(どうにか、なったな。まあ、エンリケのことはこれで良いだろ)

頭の中で声がした。『彼女』の言葉だ。心の奥底に潜《ひそ》んでいた『彼女』の人格は、今ははっきりと会話ができるほどに、外に浮き出てきている。

レナスは、『彼女』の心を感じる。『彼女』は今、喜んでいる。

（嬉《うれ》しいことがあったよ。思い出したんだ）

「……………何を？」

（たった今、思い出した。あたしが取り戻そうとしている物の、名前だよ）

　自分の名前も思い出していないのに、それの名前は思い出した。『彼女』にとって、それがいかに大事なものか、よくわかる。

「それは何？」

（ベンド＝ルガー）

　と、『彼女』は言った。レナスには、その意味がわからない。男性の名のようだが。

（ベンド＝ルガーだ。ベンド＝ルガーだよ。なあ、レナス）

　心の中で、『彼女』がはしゃいでいる。レナスの体まで踊りだしそうだった。

　ベンド＝ルガーとは誰か。なぜそれを求めるのか。レナスにはわからない。おそらく、『彼女』にもわかっていない。

　だが、レナスは『彼女』の心を感じている。ベンド＝ルガーを求める『彼女』の思いは、夢や願いと呼べる領域にはない。それは、飢餓《きが》や渇《かわ》きに似ている。理屈や理性を吹き飛ばす、狂おしいほどの欲求。それがなければ、この世が地獄に思えるほどの欲求だ。

　止めるには、『彼女』を殺すしかないだろう。いや、死んで『本』になってもまだ追い求め続けるかもしれない。そんな非現実的な想像をしてしまうほど、その欲求は強かった。

心の中で、『彼女』がはしゃいでいる。そのおぞましいほどの歓喜が、レナスの全身に鳥肌《とりはだ》を立てていた。

ヴォルケンは、なおも街を歩き続ける。歩くことで、焦《あせ》りと苛立ちがわずかでも解消することを願って。

捜し求める人物。オリビア＝リットレット。彼女について知っていることは少ない。

わかっているのは、白煙《はくえん》号の中で飼われていた、肉であること。ヴォルケンたちが船を沈めたときには、すでに白煙号から移動させられていたこと。

年のころは、二十歳過ぎぐらいだろう。驚くほど美しい女性だった。

「………」

オリビア＝リットレットは、非常に特殊な肉だった。記憶を奪われ、人格を破壊された、意思のない人形が肉ならば、彼女は間違いなく失敗作だろう。

オリビアは違った。焼けつくような情熱と、全身が冷えつくような策略を持ち、神溺教団に返逆していた。

追憶の戦器、自転人形ユックユックを使い、肉たちを率《ひき》いて戦っていた。失われたものを取り戻すために。

もし、オリビアが健在ならば、今もきっと戦い続けているだろう。あの恐るべき情熱は、命が尽きるまで絶対に消えないはずだ。

「どこにいる？　いるのなら、俺のところに来てくれ」

月は、きっと見ているだろう。オリビアがどこにいるのか。何をしているのか。月に言葉が話せるなら、ヴォルケンは呼びかけて聞き出しているだろう。なぜ、教えてくれないのだろう。こんなにも冴《さ》えた月なのに。

ふと、立ち止まる。ヴォルケンは、バントーラ図書館の一角に、足を向けていることに気がついた。この先には何があっただろう。

店を出たレナスは、自宅とは逆の方向に歩いていた。向かう先にあるのは、図書館を囲う、小さな散歩道だ。モッカニアは図書迷宮の片隅に引きこもる前、この散歩道をよく歩いていたという。

レナスは、モッカニアの思い出を見たかった。思い出に浸《ひた》るのは、最後になるかもしれないからだ。自分が自分でいられる時間は、もう残り少ないだろう。

モッカニアの部屋は、すでに取り壊されている。彼の持ち物も、レナスの手元に残ったわずかな遺品を除いては、全て廃棄《はいき》されている。モッカニアの残り香《が》は、この小さな散歩道の他に残っていない。

だが、彼が図書館を壊滅寸前に追い込んだことを考えれば、まだしも寛大な措置《そち》だっただろう。彼の業績や痕跡《こんせき》全てを抹消《まっしょう》されていてもおかしくないのだから。

「……………」

バントーラ過去神島は、全体がなだらかな丘になっている。その頂上にバントーラ図書館はあり、散歩道を一周すると、館下街の全てが見渡せる。

満月にはわずかに満たない月明かりの下。歩きながらモッカニアを思い、館下街を見下ろしながら、自分とモッカニアに優しくしてくれた、さまざまな人を思う。

それは、静かな別れの儀式だった。モッカニアの思い出と、バントーラに暮らす人々と、自分自身への。

「……………?」

ふと、レナスは向こうから歩いてくる人影に気づいた。じゃ、じゃ、と太い鎖《くさり》を揺らすような、金属音が聞こえてくる。こんな時間に、誰が歩いているのかと、レナスは立ち止まった。


ヴォルケンの歩く先には、バントーラ図書館を囲う散歩道があった。

どうということのない場所だが、何か感傷めいたものを感じてしまう。

体力づくりのために、ここを何百周も走り回った。前を先輩のビザクさんが走り、後ろからはミレポックやルイモンが、息をきらしながらついてきた。

マットアラストさんが、ここで仕事をさぼっているのを見かけた。トロンボーンの練習をしたり、女の子と話し込んだりしていた。女の子の顔は、見かけるたびに替わった。

モッカニアさんが、もの憂《う》げにここを歩いているのを見かけた。今にして思えば、そのころから何か危《あや》うい雰囲気をたたえていた。

何を考えているんだ。ヴォルケンは思う。感傷に浸ってどうするのか。これではまるで、バントーラを去る前のようではないか。

「………いや、そうなのかな」

事実、そうなる可能性は高い。

ヴォルケンにとって、バントーラ図書館はただの職場ではない。人生のほとんど全てを、ヴォルケンはここで過ごした。去ることは、耐えがたく悲しい。

ふと、前から誰かが歩いてくることに気がついた。誰だろう。こんな時間に。

髪の長い女性であることがわかった。顔を識別した瞬間、ヴォルケンの足が止まった。


ヴォルケンとレナスは、立ち止まって向かい合った。

この出会いを、想定していた者はこの世にいない。レナスを生みだしたウインケニーも、バントーラに連れて来たロコロも、レナスを救って死んだモッカニアも、レナスを保護したハミュッツも。

バントーラに呼び寄せられ、言われたとおりにここに来たヴォルケン自身にも。あるいは、物語と人を導く、ラスコール＝オセロすらも。

誰も、二人の出会いを想定してはいなかった。この時の、この出会いは、誰の作為《さくい》もない全くの偶然であった。

ヴォルケンが、口を開いた。

「……幻覚か？」

レナスは、その意味を図りかねる。

「いや、ありえない。うそだ、こんなこと、ありえない」

ヴォルケンは、自分の胸を摑む。心拍数が跳ね上がっている。最初は、自分の目を疑い、次にこれが現実かどうかを疑った。

「誰、ですか？」

レナスが言う。ヴォルケンは答えない。答える心のゆとりがない。しばし、心臓の鼓動《こどう》を宥《なだ》め、その後ようやく口を開けた。

「……オリビア、か？」

レナスの表情が凍《こお》る。

「オリビア……あなたは、オリビア＝リットレットなのですか？」

ヴォルケンは無論、レナスの今の状態を知らない。心の中で、大きな変化が起きたことも気がつかない。今まで、一つの肉体の中で同居していた、二つの人格。そのバランスが今崩れた。その瞬間、レナス＝フルールは完全に、レナス＝フルールではなくなった。

「……そうだね、それが、あたしの名前だ」

『彼女』、いや、オリビア＝リットレットが言った。

「ようやく思い出したよ。それが、あたしの名前だ」

オリビアが、ヴォルケンに近づく。

「あたしの名前を知っている、あんたは誰だね」

「ヴォルケン。武装司書ヴォルケン＝マクマーニ。あなたのことは知っています。あなたの力を借りたい」

オリビアは頷き、答える。

「あたしはオリビア＝リットレット。あんたが誰だか知らないが、あんたの力を借りたい」


次の日の朝。

ヴォルケン＝マクマーニがバントーラ図書館から逃亡したという知らせが、武装司書たちを揺るがせた。レナスの姿が見えないという事実は、その陰《かげ》に隠れて注目を集めはしなかった。

二人の失踪《しっそう》の関連に気がついたのは、ごくわずかな人々だけだった。

第二章 正義の伝承

バントーラ過去神島全域に響く、重苦しい鐘《かね》の音。武装司書たちが、夜も明け切らない中、続々とバントーラ図書館に集結する。本日の『本』の貸し出しは、全面的に休止しますと、一般司書が入り口で声を上げていた。

召集《しょうしゅう》をかけられたミレポックは、朝食もそこそこに図書館へと駆け込む。隣に武装司書のカルネが走っている。

「ミレポック、あいつが逃げたのは本当なのか?」

「わかりません、ですが、間違いないでしょう」

カルネは怒りに顔を引きつらせる。

「昨日の演説に、耳を傾けた僕が馬鹿《ばか》だったのか？　あの演説はなんだったんだ。正義を守ると言いながら、なぜ逃げる?」

カルネは文句を言う。ミレポックに言うのは見当違いだが。

「私には、わかりません。正直もう、なにがどうなっているのか」

「僕だってそうだよ」

そこにマットアラストが合流した。

「マットアラストさん、どういうことですか」

俺に聞かれても知らないよ、とマットアラストが肩をすくめる。

「まあ、昨日の演説は、ただのブラフだろうね。俺たちを動揺させて、裏切りから目をそらさせるための。

二人とも騙《だま》されただろ？　もしかしたら、本当は裏切ってはいなかったんじゃないかって」

「たしかにそうだ」

と、カルネは頷《うなず》く。

「ハミュッツを弾劾《だんがい》するというのなら、俺はヴォルケンの味方につくつもりだった……くそ、騙されたよ」

二人の会話に、ミレポックが割り込んで反論する。

「ですが、まだわかりません。ヴォルケンが逃げた理由もわかっていないのですから」

「状況を素直に考えれば、明白だろ。いまさら何を言ってるんだ」

マットアラストはにべもない。

「ですが、あの人は……」

ミレポックは歯噛《はが》みする。なぜ、逃げたのか。自分から状況を悪くするようなことを、なぜやったのか。ミレポックには、何もかもが理解できない。

その時、前を歩いているエンリケの姿が目に入った。急ぎ足の三人と違い、あくびをしながらゆっくり歩いている。

「エンリケ君。君も来てくれないか」

「そのつもりだが」

エンリケは答える。

「あの男、逃げたんだな」

「そうだ」

マットアラストの言葉を聞くと、エンリケは何事かを考えていた。その内心は、ミレポックには推《お》し量れない。


同じころ、ヴォルケンはバントーラを遠く離れ、北西に向けて飛んでいた。行く先にあるのは、ヴォルケンの本拠地だ。ストレイル共和国にある、ダライ鉱山と呼ばれる図書鉱山。そこを管理するのが、平常時のヴォルケンの仕事だった。

二人が乗ってきたのは、旧式の水上飛空艇だ。操縦するのはヴォルケン。後ろにはオリビアが座っている。旧式なので速度も高度もあまり出ない。新鋭機のような空中戦もできない上に、陸地には降りられない。不便だが、この際贅沢《ぜいたく》は言ってられなかった。

「そろそろ、バントーラも動き出すころかね」

と、オリビアは言った。ヴォルケンも、そのとおりだと思っている。逃亡を隠す偽装工作は行っていたが、それもそろそろ限界だろう。

皆は怒っているだろうな、とヴォルケンは思った。昨日演説をぶち上げた、その矢先の逃走だ。逃げるべきではなかったかもしれないと、今になって後悔がこみ上げてくる。

だが、仕方がない。こうするしかなかったのだ。

昨日の夜のことを、ヴォルケンは思い返す。


オリビアとの出会いをヴォルケンは奇跡のように喜んだ。

だが、それはすぐに失望に変わった。彼女がバントーラにいる理由を聞き、そしてオリビアには、全く記憶が戻っていないことを知ったからだ。

それでは明日の裁判の証人にはならない。出会えた意味がない。

「魔術審議で、記憶を取り戻そうとしてるよ。ま、じっくり待っててくれ」

それを待っていられる状況だろうか。ともあれ、善後策を講じるために、出会った散歩道を離れ、館下街に降りた。

その時、二人はエンリケと遭遇《そうぐう》した。ヴォルケンにとっては再び、オリビアにとっては三度目だ。やはり彼は、レナスを心配しているらしい。

エンリケを見かけると、オリビアは隠れろと小さく言った。確かに、不審《ふしん》に思われるだろう。ヴォルケンは自《みずか》らの能力を使い、身を隠した。

「まだ、レナスでいられているのだな」

エンリケが話しかける。

「はい。もう少しの間は、大丈夫だと思います」

オリビアは、レナスのふりをしている。

「魔術病院に連絡を入れてきた。予定は明日だが、今すぐにでも行け」

「……困ります」

「下手な演技はやめろ。気分が悪い」

オリビアの演技はすぐにばれた。笑顔をつくろっても、やはりわずかな口調の変化や、微妙な表情まではごまかせない。

「そうかい、ふむ、困ったなあ」

ヴォルケンは、闇《やみ》に潜《ひそ》んで二人の会話を聞いている。

「ところで、お前の名前は、オリビア＝リットレットといいはしないか」

オリビアは、動揺を見事に隠した。

「それじゃないよ。名前はまだ思い出せてないが、聞けばわかる」

「そうか」

エンリケは、何かを考えている。

「それで、そのオリビアがどうかした？」

「しばらく前に、ハミュッツに聞かれたことがある。オリビアという女を知らないかと。知らないと答えた」

「それで、どうした？」

「……もしも、生きていたら、殺すようにと頼まれた」

その瞬間、オリビアが体を翻《ひるがえ》して駆け出した。エンリケがそのあとを追いかけようとする。

だが、その足元に、ヴォルケンの舞剣《まいけん》が突き刺さった。

ヴォルケンとエンリケが向かい合う。背中の舞剣をヴォルケンが抜く。エンリケの指先から、ちりちりと青い火花が散る。

エンリケのほうが強いことは、わかっている。ヴォルケンの勝ちは十のうち、一か二だろう。

「つまらない争いはやめろ」

と、エンリケは言った。

「ハミュッツの頼みを、きいてやるつもりはない。あの女は嫌いだ」

ヴォルケンはその言葉を信用する。舞剣を収めた。エンリケが足元に刺さった舞剣を拾い上げ、ヴォルケンに返した。

「お前の事情は、俺には関係ない。オリビアのことも、知ったことじゃない。好きにしろ」

「わかりました。ありがとうございます」

エンリケは背中を向ける。

「俺は、ここでは傍観者《ぼうかんしゃ》だ。それでいいと思っているが、馬鹿馬鹿しいと思うこともある」

追ってこないのに気づいたオリビアが、戻ってくる。エンリケの背中を見送る。

「オリビアさん。今後の方針が決まりました」

「そうだね」

「逃げましょう。ハミュッツは、手段を選ばずあなたを消しに来る」

二人は頷きあい、走り出した。


ミレポックたちが会議室に入ると、図書館にいる武装司書のほとんどが集合していた。

「遅いわよう。あんたら」

白墨《はくぼく》を手に、ハミュッツが言う。黒板にはいくつかの図と、命令が書かれている。

「もう命令は出しちゃったわよう。あとは質疑応答だけ」

ミレポックたちは、空《あ》いている椅子《いす》に座る。エンリケは部屋の隅に立ち、腕組みをする。

「そうかい。それで、俺の仕事は？」

マットアラストが聞く。

「順を追って説明するわ」

壁に、世界地図が貼《は》られている。ハミュッツはその一点を指差した。

「まず、ヴォルケンが逃げたのは昨日の夜半。足は自分が乗ってきた水上飛空艇。北西方向に飛んでいるとの情報が、イスモの運送会社から入ってきたわ」

「北西か。あいつの本拠地があるところだな」

ハミュッツが頷き、説明を続ける。

「そのとおり、ヴォルケンは今まで、ダライ鉱山を管理していたわ。おそらく、奴《やつ》はここに向かっている」

「目的は？」

「不明。同乗者がいる、という情報も入っているけど、未確認よ」

「なるほど……それで、対策は？」

ハミュッツが地図から手を離し、席に着く。

「これは陽動《ようどう》作戦の可能性が高いわ。バントーラ図書館から主力を出撃させてから、本拠地を叩《たた》くつもりね」

「なるほど。『怪物』のときと似たような構えか」

「そういうわけで、出撃するのは最低限の戦力。とりあえず、わたしが単独で行くわ」

「あとは？」

「あんたらは図書館を守りなさい。今日の業務は停止して、最大限の警戒《けいかい》をしなさい」

「それだけか？　ヴォルケンに対する相手が、手薄のような気がするが」

ハミュッツはにやりと笑う。

「そんな心配性のマットのために、もう一手、手を打つつもりよ。ミレポック」

「はい」

ミレポックは立ち上がる。

「出撃中のイレイアおばちゃんに通達して。ダライ鉱山へ急行し、ヴォルケンを追い撃つように。手加減無用。即時抹殺《まっさつ》とね」

「はい」

「ついでに、ヴォルケンが盗んだ自転人形もダライ鉱山のどこかにあると思うわ。それも見つけておくように言っておいてね」

「……はい」

ミレポックは、わずかに声を詰まらせた。それを目ざとくハミュッツが見つけ、叱責《しっせき》する。

「あら、何か意見があるの？　いいわよう、言いなさい」

「いえ、ありません」

ハミュッツは、笑顔でミレポックを睨《にら》みつけ、話を続ける。

「次にビザクの旦那《だんな》にも通告。ヴォルケンを追撃《ついげき》するようにとね。ヴォルケン相手じゃ旦那の勝ち目は薄いからね。こっちは足止め程度で構わないと言っておいて」

「……はい」

ミレポックは目を閉じ、思考を送る。二人の武装司書は、すぐに動くと思考を返してきた。

「さて、わたしも早速《さっそく》行くわ。あとはマット、お願いね」

「あいよ」

ハミュッツは立ち上がり、もう一度、ミレポックの目を見据《みす》える。

「ああ、そうだ、ミレポック。ヴォルケンと何か話した？」

ミレポックは、きっぱりと首を横に振る。

「いいえ、呼びかけましたが、返事はありません」

「……そう。じゃあね」

ハミュッツは窓を開け、飛び降りた。屋根の上を蹴《け》って、飛行場へと向かう。

（……ヴォルケン）

ミレポックは、心の中で呟《つぶや》いた。


ダライ鉱山まで、すでに半分近く来ている。だが油断はできない。バントーラで使われている、最新の飛行機なら今から飛んでも追いつける。最新の飛行機を奪ってこれればよかったのだが、それでは見つかってしまう。

それに、クラー自治区にあった神溺《しんでき》教団の施設に、イレイアたちが出撃していた。彼らの追撃も考慮《こうりょ》しなければならない。

四方八方、どこを見渡しても敵ばかりだ。今のところ敵でないのは三人だけ。後ろに乗るオリビアは、味方だ。二人を見逃したエンリケも敵ではない。

そして、もう一人、ヴォルケンには味方がいた。ヴォルケンは目を閉じて、その味方の言葉に耳を傾けていた。

（こちらの現状は、以上よ）

ヴォルケンは、目を開けた。最後の味方はミレポック。今、武装司書たちの動きを聞いたところだった。

（……ミレポック。すまない）

ヴォルケンは、心の中で思わずそう呟いてしまう。

(言っておくけれど、ヴォルケン。これはあなたのためではない。あなたが、本当に裏切っているのなら、殺すことを一瞬たりともためらわないわ。そのことだけは、言っておくから)

(わかっている)

ミレポックは、そういう人間だ。だからこそ、信頼に足る。

(ですが、私は今でも、あなたが間違ったことをするはずがないと信じている。できるなら、これからも信じていたい)

(……ありがとう)

(思考共有を終えるわ。ご武運を)

それで、思考共有は終わった。

思わず、ヴォルケンは顔をほころばせる。ミレポックから伝えられた情報よりも、ミレポックの信頼が嬉《うれ》しい。自分の行動が、間違っていなかったことを、再確認する。

「話は終わったのかね」

「ああ。おそらく、何とかなりそうだ」

ヴォルケンは、後部座席のオリビアに言った。向けられた追っ手は、予想外に少ない。神溺教団による陽動作戦と誤解してくれたことは、ヴォルケンにとって幸運だった。

ハミュッツに追いつかれる危険は小さい。すでに引き離している。ビザクとは戦うことになるだろうが、おそらく一対一なら勝てる相手だ。

問題は、イレイアだ。ヴォルケンの本拠地である、ダライ鉱山に向かっている。だが、ヴォルケンの目的地はそこではない。ダライ鉱山から三十キロ離れた隠れ家に、自転人形ユックユックを移動させていたのだ。

ハミュッツや、ハミュッツの手の者に奪われることを警戒しての措置《そち》だったが、それが功を奏した。

「いけますね。オリビアさん」

ヴォルケンは、呟く。

「あとは、あなたの記憶が戻るかどうかだ」

妙なことになったな、とオリビアは思っていた。

自分の目的は、記憶を取り戻すことだ。ベンド＝ルガー。まだ名前しか思い出せていない、大切なものを取り戻すこと、それ以外にない。ハミュッツのことなど、知ったことではないのだが。

自分の存在と、ハミュッツ＝メセタ。それがどう関《かか》わっているというのか。

まあいい。とにかく、この男は自分の味方だ。自分を守るために動いてくれている。それだけで十分だ。

「なあ、ヴォルケン君よ。今どこに向かってるのさ」

オリビアは尋《たず》ねる。

「ダライ鉱山から三十キロほど離れたところにある、山小屋です。そこに一冊の『本』と、自転人形ユックユックを隠しています」

「ユックユック？」

オリビアの心がざわめく。その、間《ま》の抜けた名前には聞き覚えがあった。なんだったか、オリビアは頭を抱えて考える。

「追憶《ついおく》の戦器の一つです。元はあなたの持ち物でした」

「……そうだったような、気もする。思い出せねえ」

「できるかぎり、早く思い出してください」

「努力するよ」

オリビアは唇《くちびる》を歪《ゆが》めて笑う。

「しかしまあ、あたしも妙な女だよね」

オリビアは呟いた。前で操縦する、ヴォルケンが振り向く。

「武装司書の反乱に、二度も巻き込まれるなんて、世界史上であたし一人じゃないかね。まあ、一度目はあたしじゃないんだけど」

ヴォルケンは少し不快そうに言う。

「これは、反乱ではありません。武装司書に正義を取り戻すための戦いです」

「ふうん、正義ね」

関係ないし、どうでもいい。ただ、取り返したいだけだ。神溺教団に奪われた、かけがえのない宝を。まだそれが何かすら、オリビアにはわからないのだが。

上空を、ハミュッツの乗る飛行機が横切り、北西方向に突き進んでいく。その下で、武装司書たちが攻撃に備えるために準備を進めている。

「また、留守番か。どう思う、エンリケ君」

マットアラストが言った。受付ホールに備えられているビリヤード台に腰掛け、キューを磨《みが》いている。

「俺は構わない。もともと、戦うのはもうやめている」

「まあ、それが良いだろうね」

マットアラストは、白い球を突く。五度、球の衝突が起こり、四つの球がポケットに放り込まれた。多趣味な男だが、案の定ビリヤードも上手《うま》い。

「ところで、一つ聞きたいのだが、自転人形ユックユックとはなんだ？」

「知らないのか。バントーラ図書館にも一つあるけど、見るかい？」

また別の球を狙《ねら》いながら、マットアラストが言う。

「貴重なものではないのか？」

「七つある追憶の戦器の中で、自転人形ユックユックは最も位が低い。古代の魔術師がレプリカを作っていて、現在この世には十一個あるはずだ。たいして貴重なものじゃない。

だが、ユックユックは無限の可能性を秘めている。あまり役には立たないが、使いようによっては最強の力を持っている」

「その力は？」

「そうだな……たとえば、君の能力、雷《いかずち》を自在に操《あやつ》る力だが、もしもその力を、一度きりの行使に集中させていれば、とんでもない威力《いりょく》の雷を使えるようにならないか？」

マットアラストの説明は、丁寧《ていねい》だが回りくどい。

「たしかにそうだな。それがどうした？」

「さらに考えてみてくれ。何人かの人間で、力を合わせて一つの魔術審議を行えば、もっと強力な雷を使えるようにならないか？　それこそ、バントーラ図書館を一撃で破壊できるぐらいの」

理屈で考えれば、たしかにそうなる。しかしそれは不可能だ。魔法権利は個人のものだ。力を合わせて一つの魔術を使うなど、聞いたこともない。そこで、ようやくマットアラストが説明しようとしていることを理解する。

「複数の人間が、力を合わせて魔術を使う。それが自転人形ユックユックの能力か」

「理解が早い。そのとおりだ」

マットアラストは、ビリヤードのキューを磨く。

「自転人形ユックユックは実に、非実用的な武器だ。使用するためには、たくさんの人間が何年もかけて魔術審議を行わなくてはいけない。

しかも、何年もかけて魔法権利を会得《えとく》したところで、魔法を使えるのは一度きりだ。一回魔法を使ってしまったら、あとは何をしてもうんともすんとも言わなくなる。使いにくすぎるんだよ」

「その代わり、もし使用できれば威力は絶大だな」

マットアラストは頷く。

「ヴォルケンが盗み出したユックユックには、発動に十分な魔法権利が込められていた。あとは、魔法権利を込めた者が、発動を宣言するだけで良い」

「どんな魔法権利が込められていたんだ？」

「それはわからない。魔術審議をした人に聞いてみないとね」

マットアラストは、球を突く。二度目で、台上の球は全《すべ》てポケットに落とされた。


飛空艇の中で、オリビアが額《ひたい》に指先を当てて考え続けている。

「自転人形……ベンド＝ルガー……ベンド＝ルガー……」

口の中で、鍵《かぎ》となる言葉を唱《とな》えている。思い出そうとしているのだろう。

「思い出せそうですか？」

ヴォルケンが聞く。

「かすかに、な。思い出せそうで思い出せねえ」

「魔術審議を行ってみてはどうでしょう。アーガックスの記憶抹消《まつしよう》を跳《は》ね返す魔法を、あなたは使えるはずだ」

オリビアは首を横に振った。

「もう魔術審議はあらかた終わってんだ。あとは思い出していくだけなんだ。でも、思い出せねえ。くそったれが、いらいらする」

オリビアは、苛立《いらだ》っている。そんな表情を見せなければ、美人なのだがと、ヴォルケンは柄にもないことを思う。

「オリビアさん。俺は、あなたの目的を知りません。あなたが追い求めているベンド＝ルガーとは何か。あなたと、あなたが率《ひき》いていた肉たちが、自転人形に込めた魔法は何か。ハミュッツがなぜあなたを殺そうとするのかも。

あなたが思い出せない限り、わからないんです」

「畜生、役に立たねえな、お前」

なんだその言い方は、とヴォルケンは不愉快《ふゆかい》に思う。だが、こういう人物だということも、ヴォルケンは知っている。

「自転人形ユックユックか……あたしは一体何をしてたんだ？」

オリビアは、歯を噛《か》み鳴らす。そして、また頭を抱えた。


そのころ、ヴォルケンの飛ぶ先に、一つ目の難関が待ち構えていた。一機の飛行機が、バントーラに向けて飛んでいる。乗員は、操縦席にいる男一人。

彼は、思考共有でミレポックと話していた。

(以上が、代行からの指令です)

(了解したぞ、ミレポック。進路を変更する。ヴォルケンがまっすぐ飛んでいるのかは知らんが、おそらく接触できるだろう)

飛行機の中にいるのは、武装司書ビザク＝ジーグラス。年は、四十を越えている。年齢も、経歴の長さも、イレイア＝キティに次いで二番目の長さだ。引退を囁《ささや》かれ始めたのは、もう五年も前から。同じ時期に武装司書になった者は、全員が引退した。そうでない者は死んだ。長く、体を酷使《こくし》し続けた代償《だいしょう》か、年よりも老けて見える。顔には皺《しわ》が寄り、立派《りっぱ》な黒い髭《ひげ》にはもう、白髪が混じっていた。

珍《めずら》しいものを身につけている。鉄の兜《かぶと》である。武装司書の頭より、博物館の展示室のほうがはるかにふさわしいような兜だ。

ビザクは、自分が時代遅れの存在であることを知っている。新しい武器を使い、奇想天外な戦闘技術で戦う若者たちに、ついていけないこともわかっている。時代は、移り変わりつつある。ビザクのような単純で純粋な戦士は、今の流行ではない。

頭に載せている古びた兜は、そんなビザクなりのユーモアだった。

(しかし、あのヴォルケンが裏切るとはな。どうだ、ミレポック。お前の意見は？)

ビザクは、自分の半分ほどの年齢のミレポックに尋《たず》ねる。

(……………信じられない、というのが本音です)

ミレポックの動揺が伝わってくる。ビザクは小さく笑う。頭のいい娘だが、この程度で動揺するとはまだ若い。

(ビザクさんは、どう思いますか?)

(なあに、奴のことなど知ったことかよ。とにかく、おれは戦うだけだ。単純なもんよ)

(……そうですか。その、お気をつけて。ヴォルケンは強いです)

(安心しろ。おれも強いぞ)

(はい、それでは、ご武運を)

思考共有が切れた。ビザクは、自分の顔がにやけていることに気がついた。

「……ヴォルケンの坊主《ぼうず》め、思い切ったことをやってくれるじゃないか」

ビザクは呟いた。そして、ヴォルケンの顔を思い浮かべる。

ビザクには、わかっている。

ヴォルケンが武装司書を裏切ることなど、天地が割れてもない。ヴォルケンは、裏切り者の汚名を被《かぶ》ってでも、やらなくてはならないことがあったのだ。

「何をしようとしてるか知らんが、存分にやれ。おれごときに負けたら、承知《しょうち》せんからな」

ミレポックに言われた、接触の予想時刻まで、あと数時間。ビザクは嬉々《きき》として飛行機を飛ばし続ける。


オリビアが、不意に口を開いた。

「あのさ、あたしのことも良いけどさ、あんたのことも話してくれよ」

「え？」

「あんたのこと、何にも知らねえよ。なんであたしに協力するんだ？　教えろよ」

確かにそうだ。失礼をしたと、ヴォルケンは思う。

「かなり、長い話になります。よろしいですか」

「よろしいに決まってるだろ、さっさと話せよ」

本当に口が悪い。そう思いながら、ヴォルケンは話し始める。

ヴォルケンの反乱。その発端《ほったん》は、二年前のアロウ沖船舶強襲《きょうしゅう》事件にあった。神溺教団との戦いが始まったその日から、反乱は始まっていたのだ。


一九二三年。十月十二日。

その日は、よく晴れていた。五人の武装司書が、海岸に立ち、湾内に閉じ込められた船を見つめていた。湾の入り口は別の武装司書が乗り込んだ、数隻《せき》の船によって塞《ふさ》がれている。標的の船、白煙《はくえん》号に逃げ場はない。

「緊張するなよ、ミレポ」

「ルイモンさんこそ」

二人の武装司書が、ヴォルケンの後ろで、小突《こづ》きあっている。

ヴォルケン、ミレポック、ルイモン。その日、三人の新米武装司書に、初めて迷宮探索以外の任務が与えられていた。早いうちに、いろんな仕事をやらせておくべきという、ハミュッツの判断だった。

敵は、イスモ共和国と敵対する反政府組織だ。元来、武装司書が戦うべき相手ではない。攻略を請《う》け負ったのは、世界情勢に積極的に介入《かいにゅう》する方針のハミュッツの判断だった。

誰もが、楽な戦いになると思っていた。おそらくは、ハミュッツ＝メセタすらも。

「さて、みんな、元気してるかなあ」

と、そのハミュッツが言う。新米の中では、ヴォルケンだけが落ち着いている。緊張は、自らの意思で制御《せいぎょ》しうる。その訓練もヴォルケンは積んでいた。

「さっすがヴォルケン。リラックスして、いい感じねえ」

ハミュッツが褒《ほ》めてくる。さすがだな、とルイモンが呟く。

「しかしただのテロ屋相手にしちゃ、大掛かりっすね」

そこに、もう一人の武装司書が口を開いた。キャスマという男だ。頭からローブをすっぽりと被った、古風な衣装。そのわりに口調と言動は軽い。おかしな男だった。

「ま、今回は新米の訓練も兼《か》ねてだからねえ。若いうちに経験積ませとかないとさ」

「最近の武装司書は恵まれてますね。フォトナさんの頃はきつかったたっすよ」

キャスマが軽口を叩く。

「今回は、細かい作戦はなし！

全員、勝手に乗り込んで攻撃なさい。非戦闘員は殺さないこと。手加減できるなら、戦闘員も殺さないこと。命令はそのくらいよ。わたしはここで支援するからね」

湾岸に、小さな快速船が接岸している。ヴォルケンたちはそれに乗り込む。

「今日の査定はお給料に響くわよ。みんな張り切っていきなさい」

と、ハミュッツが言う。快速船が発進する。

ヴォルケンたちが近づいても、船からの攻撃はなかった。逃げようとする動きもない。

「変ね」

快速船の船首で、ミレポックが言った。ここまで近づいて、反応がないのはおかしい。抵抗を諦《あきら》めて降伏《こうふく》するつもりなら、白旗《しろはた》を掲げるか、使者を送ってくるだろう。

「どう思う？　ヴォルケン」

ルイモンが尋ねてきた。ヴォルケンは答える。

「近づいても反応しない敵は、圧倒的な防御力を保持している場合が多い。俺たちの攻撃を防ぐ自信があるのだろう」

大げさに両手を広げるルイモン。

「おいおい、ただのテロ屋だぜ。警戒しすぎだろ」

そう言って、腰の巨大な小銃を抜く。

「見てろよ。一発撃てばおとなしくなるさ」

そう言いながら、ルイモンが銃を撃つ。

その時、信じがたいことが起きた。撃った銃弾が、空中で、手品のように消え失《う》せた。次の瞬間、撃ったルイモンめがけて、銃弾が返ってきた。

「！」

ヴォルケンがルイモンの足を払う。大きな体がもんどりうって転がる。その体のすれすれを、銃弾が飛んでいった。彼の巨体でも、自分の銃弾を食らっては無事ではすまなかっただろう。

「跳ね返ったのか？」

「いいえ、たぶん違うわ」

見えない壁に当たったのではなかった。空中で百八十度、弾道が変わった。今まで、見たことも聞いたこともない能力だった。

「はい、ルイモン一点減点。ヴォルケンは二点加点だね」

キャスマが、けらけらと笑う。

「キャスマさん、あれを知ってるんですか？」

「んー。噂《うわさ》には聞いたことがあるねえ。空間使いっていう能力だな。噂だけだと思ってたんだけどなあ」

キャスマが持っていた鉛筆を投げる。銃弾と同じく、空間の一点で消え、逆方向に飛ぶ。

「見りゃわかるよね。空間の接続を歪《ゆが》めているんだな。こりゃあたいした能力だぞお。実現させた奴がいるとは思わなかったね」

船を近づけるように、キャスマが指示を出す。ミレポックが船を動かす。

「ま、しばらく待っときな。魔術を打ち消すからよ」

キャスマが手をかざし、魔術審議の文言《もんごん》を唱え始める。他の司書が使うものではなく、もっと複雑な呪文《じゅもん》だ。魔術師の彼は、自分の魔法権利だけではなく、古代から伝わる特別な魔術を行使できる。

「どれぐらいかかりますか？」

「さあね。当てにしないで待ってなよ。敵さんは間違いなく、俺以上の魔術師だからね」

「ただのテロリストじゃないってことですか？」

ルイモンとミレポックの顔に、不安が走っている。ヴォルケンが彼らに言う。

「落ち着け。ただの、強力なテロリストだ。恐れる必要はない」


それから数時間。一瞬たりとも気の抜けない待ち時間は、戦闘以上に疲れる。

「腹減ったな」

と、ルイモンが言う。ミレポックは、何か自分にできることはないか、せわしなく船内をうろつきまわっている。ヴォルケンだけが、冷静に状況を見守っていた。

「穴が空いたよ」

と、キャスマが言った。

「突入しますか？」

「焦《あせ》るなよ、穴が空いただけさ。このまま結界《けっかい》全体を消していくよ」

そう言いながら、さらにキャスマが魔術を使い続ける。その時、白煙号で異変が起こった。誰かが甲板《かんぱん》から飛び降りた。そして、海の上を泳いで逃げていく。泳いでいるのか溺《おぼ》れているのか、わからない。

「ありゃ、こりゃ大変だあ」

そう言って、キャスマが海に飛び込んだ。ローブ姿のままで、器用に泳いで、溺れている人に近づいていく。

さらなる異変が起きた。

キャスマが救助しようとしたその時、大きな水柱が上がった。

「爆発した！」

さすがのヴォルケンも、声を張り上げる。水柱が消えた後に、ちぎれたロープの切れ端が浮いていた。その周囲は、ほのかに赤く染まっている。

「なんだ、これ」

何が起きたのかは、頭の中ではわかっている。だが、認めたくはない。爆弾を抱えて海に飛びこみ、自爆した。そんなことがありうるのか。

続いて、白煙号から何人もの人間が海に飛び込む。溺れかけながら近づいてくる。

ルイモンが銃を抜く。それをヴォルケンが制する。

「ミレポック、船を動かしてくれ！　白煙号の裏側に回りこめ！」

「了解！」

ミレポックが舵《かじ》を取る。そこに、後ろから何かが飛んできた。ハミュッツの投げた、連絡用の礫弾《れきだん》だった。礫弾には、「撤退《てったい》」とだけ書いてあった。

「そう、結界に穴は空いてるのね」

海岸で、ハミュッツが聞く。頷いたのはヴォルケンだ
「その穴から突入するしかなさそうね。でも、穴がどこにあるかはキャスマしか知らない。困ったわね」

「しらみつぶしに探していきましょう。それしかありません」

ヴォルケンが言う。ハミュッツもそれに頷く。

四人で快速船に乗り込み、もう一度白煙号に接近する。

「結界に空いた穴を探すわよ。ヴォルケン、足場を作りなさい」

ヴォルケンが、自らの能力を発動させる。腰にぶら下げた、十二本の輪《わ》が浮いた。単純でありふれた、念動力だ。動かせるものを十二本の舞剣に限定することで、速度と精度を高めている。殺傷力は並みの銃よりも遙《はる》かに高い。

舞剣を空中に浮かせて固定する。それを足場にして、ヴォルケンとルイモンが空中に駆け上がった。

「盛りあがってきたわねえ」

ハミュッツが、小さく感想を漏《も》らした。

宙を飛ぶ剣を踏みしめながら、ルイモンとヴォルケンは穴を探す。ルイモンの銃弾も、ハミュッツの礫弾も、どれも空間結界に弾《はじ》き返される。キャスマの空けた穴は、いったいどこにあるのか。

もたついている間にも、白煙号から人間爆弾が下りてくる。ハミュッツとミレポックの乗る船に向かっていく。ミレポックが船を動かして、人間爆弾から逃げていく。

結界に攻撃をしかけ、穴を探す。酷《ひど》く面倒《めんどう》で、時間のかかる作業が続く。その間にも、人間爆弾たちは次々と海に飛び込んでいく。

ルイモンが叫んだ。

「通った！」

白煙号の船体に、穴が空いている。ルイモンの銃弾が空けた穴だ。

「見てろよ、かっこいいとこ見せるからな！」

そう言ってルイモンが、足場にしていた舞剣を蹴って飛ぶ。空間結界の穴をすり抜けて、船の中に降り立った。

見る間に、船の甲板に人が集まり、ルイモンを囲む。体術と銃で、敵を倒していく。

ヴォルケンもそれに続き、甲板に降り立った。

結界を突破した後は、あっけないものだった。船の中には、たいした戦士もいなかった。結界を張っていたはずの、空間使いの魔術師の姿も見えない。

船の制圧は、完了した。

「よし、強いぜ、俺たち」

ルイモンは喜んでいるが、ヴォルケンの顔は苦々しい。

「……どうした、ヴォルケン」

「結局、皆殺しにしてしまったな」

「……ああ、そうだな」

船の上は、惨劇《さんげき》といっていい状態だった。ヴォルケンの舞剣や、ルイモンの銃剣に切り裂かれた者たちの手足が散らばっている。銃弾で、肉片と化した者の内臓が飛び散っている。甲板に、血に染まっていない部分は無い。

臭《にお》いが海風に吹かれて消えてしまっているのが、唯一《ゆいいつ》の救いだろうか。

船そのものも、酷いことになっている。人間爆弾が甲板上で炸裂《さくれつ》し、船が傾きかけている。このままでは、数時間もせずに沈むだろう。

皆殺しにするつもりはなかった。たとえ敵でも、殺さずにすむならそうしたかった。

ルイモンには、そんな余裕はなかっただろう。だがヴォルケンはルイモンより遥かに強い。手加減をすることもできたのではないかと思ってしまうのだ。

「おい、ヴォルケン。ノロティみたいなこと考えるなよ。まあ、お前は実力が伴《ともな》ってるからいいけどな……」

空間の結界は消えている。ハミュッツとミレポックが、快速船を放棄《ほうき》して、船に乗り込んでくる。爆弾の被害を受けた快速船は沈んでいく。

「話し込んでる場合じゃないわよ、あんたら」

ハミュッツが言う。

「触覚糸《しょっかくし》で見たけど、中にまだたくさん人がいるわ。見てきなさい。すごいことになってるわ」

この時まで、明らかにハミュッツは、肉たちを殺す意思を持っていなかった。ここまでで事件が終わっていれば、この戦いは、ヴォルケンにとっては苦い思い出の一つでしかなかっただろう。だが、問題はこのあと起こった。

話が本題に入るところで、ヴォルケンは言葉を止めた。

「続きを話す前に、やらなくてはいけないことがあるようです」

オリビアにも、その理由はわかるだろう。一機の飛行機が、こちらへと近づいてきている。

現在、自分たちに近づいてくるものは、敵以外にありえない。

「障害を倒してからにしましょう」

「いいわよ」

オリビアは答えた。敵が来る前に、手短に本題を話して起きたかったが、しょうがないだろう。本題を話したところで、ヴォルケンが負ければオリビアもそこまでだ。

向かってきた飛行機は、ヴォルケンとすれ違う間際《まぎわ》に、大きく旋回《せんかい》した。そしてヴォルケンの飛空艇と並んで飛び始める。

「おおおうい、ヴォルケ――――ン」

飛行機のハッチが開いた。兜をつけた男が叫んでいる。遠目にも、誰だかはすぐにわかる。あんな兜を被っている人も、こうやって呼びかけてくる人も、ビザクしかいない。

「飛行機でぶつかり合ってもつまらんわ。どっかに降りるぞ！」

ヴォルケンはちらりとオリビアを見た。オリビアに文句がないと見て取ると、すぐに飛空艇を急降下させる。並んでビザクも、飛行機の高度を下げる。

「なんか、のん気な奴だな」

「ええ。そういう人です」

海面に降り立つ衝撃に、オリビアが小さく悲鳴を上げた。ヴォルケンは座席からひらりと飛び降り、砂浜の上に立つ。

砂浜に着陸した飛行機から、ビザクが悠々《ゆうゆう》と歩いてくる。その手に持っているのは、愛用の槍《やり》だ。

「久しいな、ヴォルケン。隣の娘さんは、彼女かね。ずいぶん可愛《かわい》いじゃないか」

ビザクが楽しげな口調で話しかけて来る。

「全く、しばらく見んうちにやるようになったなあ」

冗談を言って、一人で笑う。ビザクには、反逆者を倒しに来た様子など、全く見えない。戦いを前に、あえて余裕を見せているのではない。今でも彼にとって、ヴォルケンは仲間なのだろう。

「ビザクさん、彼女はそういう相手ではありません。彼女はハミュッツを追放するための、証人です。彼女を保護するために、逃げなくてはならないのです」

「む、お前、やっぱりハミュッツに反逆するつもりか？」

「反逆ではありません。バントーラ図書館をあるべき形に戻すだけです」

「お前も大層なことをしでかすなあ。何かをやる男だと思ってたが、まさかハミュッツにケンカを売るかあ」

「仕方ありません。必要なことだからです。武装司書のために」

ビザクの頬《ほお》が、ほころぶ。

「大きくなったな、ヴォルケンよ」


ビザクは、安堵《あんど》していた。ヴォルケンの目が、腐っていない。

久方ぶりに会った彼の目は、ビザクの知る、鋼《はがね》のような目のままだった。純真な心はそのままに、幼いころのあどけなさは消えつつある。

「本当に、大きくなったな。ヴォルケンよ」

ビザクは、もう一度言った。

嬉しさが胸に満ちる。誇らしさすら感じた。ヴォルケンはビザクにとって、ただの後輩ではない。いや、ビザクのような、年の食った武装司書たち全員が同じ気持ちだ。

ヴォルケンは、赤子の頃から武装司書に育てられたのだ。

彼は生まれたばかりのとき、とある鉱山の武装司書の事務所に捨てられていた。そんなところに捨てられていた理由は、綺麗《きれい》な若草色の髪の毛にあったと思われる。強力な魔術の才能を持つ者を、武装司書はきっと邪険にしないという、まだしもの親心があったのだろう。

名前も顔も知らない親の思惑《おもわく》どおりに、ヴォルケンは武装司書たちの手によって育てられた。遊び場は、バントーラ図書館の広い館内。遊び相手は武装司書や一般司書、それにバントーラを訪れる人々だった。

幼い彼には、実に苦労をさせられた。そして、実に楽しかった。

慣れない子育てに、慌《あわ》てふためく者もいた。戦い一筋に生きているかと思えば、意外に如才《じょさい》ない者もいた。疎《うと》ましいと遠ざける者もいれば、目の中に入れても痛くないほど可愛がる者もいた。

意外に厳《きび》しく当たったのはイレイアだった。一人前になるまでは、甘やかしてはいけないと、彼女は言っていた。

意外に可愛がったのがマットアラストだった。年の離れた弟のように思っていたのかもしれない。

もし、ヴォルケンがいなければ、ビザクたちの戦いの日々は、どれほど退屈で、色あせていたことか。

そして、彼が立派な武装司書に成長したことが、どれほど嬉しいことか。ハミュッツなどに、この気持ちはわかるまい。

ビザクは、喜びを噛み締めながら、槍の穂先《ほさき》をヴォルケンに向ける。

「俺とあなたは戦うべきではありません。俺の標的はハミュッツ一人です」

ビザクは、首を横に振る。

「臆《おく》したか？」

「いえ、そういうわけでは」

ヴォルケンは、困っている。どうやってビザクを説得するか考えている。

「お前、どうやってハミュッツに勝つつもりだ？」

「俺はもう少しで、ハミュッツの悪行《あくぎょう》の、証拠を手に入れます。それを他の武装司書に見せれば、間違いなくハミュッツ追放に傾くはずです」

「その証拠とは？」

「まだありません」

「それは、間違いなく手に入るのか？」

「わかりません。これからの状況次第《しだい》です」

ビザクは、しばし考える。槍の穂先はヴォルケンを狙い続けている。

「おれもハミュッツは気に入らんよ。お前のやろうとしていることにも協力したい。

　だが、命令は命令だ」

「ビザクさん、ですが！」

　不安げなヴォルケンを、ビザクは励《はげ》ます。

「黙れ。おれに勝てないようなら、ハミュッツと戦うなぞ夢のまた夢だぞ」

「……………そうでしたね」

　ヴォルケンが、不安げな表情を打ち払う。そして、腰の舞剣を空中に跳ね上げる。鉄の輪から、二本の刃《やいば》が飛び出し、輪が旋回を始める。

　ハミュッツは、躍起《やっき》になってヴォルケンを追っているのだろう。本当なら、不意《ふい》打ちでもなんでもして、ヴォルケンを倒すべきだろう。

　だが、今のビザクには、そんなことはどうでもいい。今は、あの洟垂《はなた》れ小僧《こぞう》の成長を、祝ってやりたい気持ちのほうがはるかに大きい。

「手向《たむ》けだ。一槍、馳走《ちそう》してやろう」

「ありがたく、いただきます！」

　自らが育てた子供との、一対一。これほど楽しいことがあるか。

　二人の戦いは、まずは静かに始まった。それでも並みの人間の目には、途方もない激闘に見えるのだろうが。

　ビザクの槍は、唯《ただ》の槍ではない。持ち手が恐ろしく長く、ライフルの砲身にもなっている。

一撃で主力戦車の装甲《そうこう》すら打ち抜く銃弾が、ヴォルケンに放たれる。

だが、遠い。ヴォルケンの体術ならば撃つのを見てから避《よ》けられる距離だ。

舞剣が、ビザクを四方八方から襲《おそ》う。槍の穂先がそれを弾く。

体術での戦いは、ほぼ互角《ごかく》。この先は魔術の戦いになる。

先に、自らの能力を解放したのはビザクだった。足元の砂が、爆薬でも埋まっていたかのように、飛び散った。走り出したビザクの、蹴り足の威力だ。

彼の能力は突撃。

敵に真正面から向かっていく瞬間のみ、彼の身体能力は爆発的に向上する。その速さは、武装司書最速を誇るハミュッツすら、軽く凌駕《りょうが》している。

突き出された槍の穂先に、舞剣が掠《かす》った。わずかにそれた軌道《きどう》。ヴォルケンが前方に跳躍《ちょうやく》する。槍の刀身《とうしん》を蹴り、ビザクの肩を掠めて、後方に着地する。

これがビザクの突撃を避ける唯一の方法であることを、ヴォルケンはすでに知っている。

「やるな、さすがだ」

ビザクは言う。

振り返り、もう一度突撃をしようと槍を構える瞬間。

ヴォルケンも自らの能力を発動させていた。

舞剣の力は、後から魔術審議によって手に入れたものだった。若草色の髪が象徴する、彼の本当の力がビザクを襲う。

ヴォルケンが、二人に増えた。左右に分かれたヴォルケンが、同時に舞剣を抜き、同時に放つ。ビザクは、その両方を弾く。

だが、槍が触れた瞬間に、舞剣の姿は消え失せた。背後から、また舞剣が襲ってくる。石突《いしづき》で弾き飛ばそうとするが、それもまた消え失せた。

「……三つ全てが偽物《にせもの》か」

ビザクが呟く。

その周囲には、十数人のヴォルケンがいた。

ヴォルケンの能力は、幻《まぼろし》を作ることだ。幻の数にも大きさにも、制限はない。街を一つ築くことすら、造作《ぞうさ》もない。

見分ける方法は、触れること。それ以外の方法では、絶対に見破ることはできない。幻の精巧《せいこう》さは、触覚糸ですら騙しとおす。

実直と正直を信条とするヴォルケンには、いささか似合わない能力かもしれない。だがその能力を、彼は完全に使いこなしていた。

戦いながらビザクは、昔のことを思い出していた。ヴォルケンと、先代の館長代行、フォトナ＝バートギャモンのことだ。

フォトナは、恐ろしく厳格な男だった。他人に厳しく、それ以上に自分に厳しい。度《ど》し難《がた》いほどの過酷《かこく》な訓練を、誰に言われたわけでもないのに自分に課していた。

だが、不思議なことにヴォルケンは、そのフォトナに一番懐《なつ》いていた。彼のようになりたいと、彼に認めて欲しいと、常日頃《つねひごろ》から言っていた。

フォトナと同じように、過剰《かじょう》なまでに自己を律した。フォトナと同じように、正義を強く信じた。理想的な武装司書に育つことは、彼の人生そのものだった。

武装司書は、ヴォルケンにとってはただの職業ではないのだろう。武装司書という在《あ》り方を除いては、彼の人生は何一つ語れない。

その彼が、図書館を裏切ってまで為《な》そうとしたもの。できることなら為し遂《と》げさせたい。ビザクは戦いながらそう思う。

十数人に増えたヴォルケンの、どれが本物なのか。ビザクはためらうが、すぐに迷いを振り捨てる。迷わせることがヴォルケンの戦法だ。幻を砕《くだ》くには、突撃あるのみ。

ヴォルケンの一人に標的を絞《しぼ》り、突撃する。数百本に増えた舞剣の間を縫って走る。そのうちの一本が本物だった。ビザクのわき腹から血が噴《ふ》き出す。

槍が刺さったヴォルケンは、幻だった。避ける動作を見せないことで予想はついたのだが。ビザクは一つ一つ、ヴォルケンの幻を消していく。幻のなかに混じった本物の舞剣が、ビザクの体を切り刻《きざ》んでいく。

残るヴォルケンは三人。そのうちのどれかが本物だ。やや威力の鈍《にぶ》った突撃が、ヴォルケンを残り二体とする。ビザクは横に飛ぶ。そして砂を蹴り、二人のヴォルケンを同時に貫こうと突撃する。

ビザクは、この時点で気がつくべきだっただろう。冷静になれば、簡単な心理トリックなのだから。

槍が二人のヴォルケンを貫く。手ごたえはない。両方が幻だった。

「……」

立ち止まったビザクは、辺《あた》りを見渡す。ビザクが乗ってきた飛行機の操縦席に、ヴォルケンが座っていた。

体が濡《ぬ》れているのは、海の中に隠れていたからだろう。

「ビザクさん。飛行機は壊しました。修理は簡単ですが、時間はかかるでしょう。足止めをさせてもらいます」

偽物を複数見せられた者は、その中に本物があると思う。手品や詐欺《さぎ》でも頻繁《ひんぱん》に用いられる、初歩的な技だった。

ビザクの傷は、浅くはないが、命に別状はないだろう。戦いを続けることも不可能ではない。だがビザクは槍を捨て、砂に腰を下ろした。完敗だった。手玉に取られた。

「これでいい。悪くはなかったぞ」

ビザクは恥《は》ずかしいことを言ったな、と思った。それはヴォルケンに訓練をつけたとき、決まって言っていた言葉なのだ。

ヴォルケンは頭を下げた。

「指導、ありがとうございました」

ビザクは気恥ずかしさに赤面する。

「何を言うか。早く行け。ハミュッツが血相《けっそう》を変えて追ってきてるんだぞ」

そう言われても、しばらくの間ヴォルケンは頭を下げていた。

「いいか、ヴォルケン。武装司書には何か秘密がある。それはおれやイレイアの姉御《あねご》ですら知らん。その秘密はおそらく、歴代の館長代行と、それに近い者しか知らんのだろう」

「はい」

「心して挑《いど》めよ」

「わかりました」

もうビザクのことなど目に入っていないかのように走り出し、飛空艇へと乗り込んだ。それで良い。振り向くなよと、ビザクは思った。


飛空艇の座席に座って、オリビアは、二人の戦いをじっと見ていた。たいした度胸《どきょう》だとヴォルケンは感心する。普通の人間が武装司書の戦いを見たら、たいていは恐れおののくのに。

「戦いは、まだこれからです。急ぎましょう」

ヴォルケンが髪を拭《ふ》きながら飛空艇を離水させる。そのとき、後ろでオリビアが呟くのが聞こえた。

「違う」

ヴォルケンは振り向く。

「あんなのは、戦いじゃない」

ヴォルケンは、心外に思う。互いに全力を出し合い、あとに恨《うら》みを残さない。良い戦いだったと自分では思っている。

「もっと汚くないと戦いじゃない」

「どうしてですか?」

「わからねえ。ただ、そう思っただけだよ」

二人を乗せた飛空艇は、十分な高度に達し、上昇をやめる。

「さっきの続き、話せよ」

オリビアが言った。ヴォルケンは頷き、語り始めた。


白煙号を占拠したヴォルケンたちは、ハミュッツに言われて船室に下りていく。ミレポックが悲鳴を上げた。ヴォルケンは悪臭に口を押さえた。

二十個ほどの船室に、百名を超える人間たちが詰め込まれていた。人とは思えないほど汚い人間たちだった。

「なんなんだ、この人たちは」

ヴォルケンは船室に入り、彼らに呼びかける。名前は何か。なぜここにいるのか。まともな返答をできた者すらまれだった。

「どう？　ヴォルケン」

遅れてやってきたハミュッツが話しかけて来る。ヴォルケンは、首を横に振った。

「信じられません。なんのために、こんなことを」

「たぶん、家畜にしてたのね」

ハミュッツの声は冷静そのものだった。動揺を圧《お》し殺しているのか、本当に何の感情も持っていないのかはヴォルケンにはわからない。

「人間ってけっこう利用価値あるからねえ。あの人間爆弾とかね」

「外道《げどう》……」

ヴォルケンは拳《こぶし》を握り締める。皆殺しにしたことを、後悔したのは無意味だった。だが、人間爆弾たちは、死なせてはいけなかった。この飼われている人間たちは、守らなくてはいけない相手だった。

「とりあえず、救助しましょ。この船、もうじき沈むわ」

「救命ボートが一隻あったはずです。それを使いましょう」

ハミュッツは首を横に振る。

「あのボート一隻じゃ、運びきれないわよ。それに、別のことに使ってるわ」

「別のこと？」

「ええ。いろいろ、面白《おもしろ》いものが見つかってるのよ。今ミレポたちに、運び出すように命令したわ」

ヴォルケンは、外に出る。ルイモンが書類を抱えて、甲板に運んでいた。

海面には救命ボートが浮かんでいる。ボートの中にはミレポックがいた。

ルイモンが書類の束を紐《ひも》でくくり、ミレポックに投げる。ボートには書類の他にも、見慣れないさまざまな物が積まれていた。人命救助より、テロリストたちの情報集めを優先しているのだ。

それは違うだろうとヴォルケンは思う。ルイモンが話しかけて来る。

「おい、手伝ってくれよ。船の中にある、どんな小さなものでも運び出さなきゃいけないんだからな」

「人命が優先じゃないのか？　船が沈んだら、あの人間たちも死ぬぞ」

「ミレポが救助の船を呼んだよ。ほら、あっち見ろ」

ルイモンが指した港で、船が動き始めている。救命ボートで押収品《おうしゅうひん》を運び、あの船で人間を運ぶ。たしかにそのほうが良いが、それでも人命を最優先にしないのは不快だった。

「しかし、とんでもないものが見つかったぞ」

「どうした」

「常笑《とこ》いの魔女、シロン＝ブーヤコーニッシュの『本』だ。それに竜骸咳《りゅうがいぜき》の病原体に、自転人形ユックユックに、他にもいろいろ見つかってるぜ。なんなんだよ、この船。信じられねえよ」

「ちょっと。話してないで働いてよ」

ボートからミレポックが呼んでいる。

「ほら、ミレポが怒ったぜ。お前も働けよ」

「……そうだな」

人々の救助は、別の船が来てからで良いだろう。他にも仕事はある。そう思って、船室へと向かった。

ヴォルケンは、この時のことを、生涯《しょうがい》後悔し続ける。ボートで人々を運び出していれば、まだ少しは助かったかもしれないのにと。


船底の一室に、ヴォルケンは入った。こんなところに貴重品があるとも思えないが、とりあえずだ。その船室で、嫌なものを見つけた。爆薬が積まれていた。おそらく、最悪の事態になったとき、証拠を隠滅するためだろう。これを使われなかったのは幸いだ。

爆薬を捨てている時間はない。起爆装置を見つけて外した。

「あら、なにこれ。嫌ねえ」

ハミュッツがあとから入ってきた。

「ヴォルケン。起爆装置を抜いておいて」

「もう抜きました」

黒色火薬が詰まった試験管をハミュッツに手渡す。

何の気なしの行動だったが、この時のことも、後悔すべきことだった。この時、起爆装置を壊しておけば、あるいは爆薬を海に捨てていればと、何度も思った。思っても無意味だとはわかっていたが。


ヴォルケンはさらに船の中を探す。

また、別の部屋に入る。倉庫になっていた場所なのか、たいしたものは見当たらない。雑巾《ぞうきん》よりも汚い服の山。饐《す》えた臭いを放つ壺《つぼ》や樽《たる》。そして持ち手に手垢《てあか》のついた鞭《むち》。人間たちを飼うために用いられていた道具なのだろう。

ヴォルケンが扉を閉めようとしたその時、気がついた。部屋の隅《すみ》に、ハミュッツが座っている。何かを見つめていた。壁の、膝《ひざ》辺りの高さに書かれている落書きのように見える。

恐ろしく、珍しい光景をヴォルケンは見た。ハミュッツの目は見開かれ、口が小さく開いている。驚愕《きょうがく》の表情だった。

ハミュッツはポーカーフェイスである。ポーカーフェイスと無表情は違う。ハミュッツは、動揺や狼狽《ろうばい》を、ほとんど顔に表さない。

周りに人がいないことで、油断したのか。それとも、よほどの事態なのか。

「代行」

ヴォルケンが声をかける。ハミュッツが、立ち上がる。

「あら、ヴォルケン、どうしたの?」

いつもの、本音の見えない声と表情に戻った。何を見たのか、ヴォルケンは気にかかる。

「何してるのかしら、働かないとだめよう」

「はい」

ヴォルケンは答えながら、ハミュッツの見ていた落書きに視線を向けていた。そこにはこう書いてあった。

『ベンド＝ルガーは生きている。オリビア＝リットレットの心の中に生きている』

意味は、わからなかった。


「ヴォルケン。あと三十分ほどで、救助の船が到着するわ。あの人たちを甲板に連れてきて」

ミレポックが甲板で呼んでいる。ルイモンは救命ボートで一足早く、陸に向かっている。

「わかった」

ヴォルケンが、船室の鍵を破壊し、人々を甲板に連れ出していく。

その時、轟音《ごうおん》とともに船が揺れた。

「なんだ！」

「きゃ！」

何が起きたのか、瞬時にはわからなかった。

床が、最初はゆっくりと、そして加速度的に速さを増して、傾いていく。血に濡れた床がすべり、人々が海の中に投げ出されていく。とっさには反応できなかった。舞剣を浮かせて足場にする暇《ひま》もなかった。

ヴォルケンは海の中に放り出される。鼻で水を吸ってしまった。

上から船体がのしかかってくる。ヴォルケンは、ひとまず下に向けて泳ぎ、船から離れた場所に顔を出す。

「なんでだ！」

横倒しになった船の腹から、船の名前とは裏腹《うらはら》の黒い煙が吐き出されている。それを見て、ようやくヴォルケンは何が起きたのかを理解した。

「起爆装置は……外した」

ヴォルケンは浮かんだ木屑《きくず》に摑《つか》まりながら、呟く。呆然《ぼうぜん》と、沈んでいく船を見つめる。

「生きてるわね、ヴォルケン」

ハミュッツが、泳いできた。

「……代行、起爆装置は、俺が」

「舞剣は持ってるわね。足場を作りなさい。ミレポも大丈夫よ。その辺で泳いでるわ」

代行の声が、ヴォルケンの耳に届かない。どこか遠くから話しかけられているようだった。

「起爆装置は……」

ハミュッツは舌打《したう》ちをし、ヴォルケンを無視して泳ぎだす。

「ヴォルケン、離れましょう。ここは危ないわ。まだ爆発が収まったとは限らないわよ」

ミレポックが叫ぶ。だが、それもヴォルケンの耳には届かない。

海面に浮かんでいるはずの、人間たちの姿を探す。しかし、一人として見つからない。

「今探していたのよ。でも、誰も浮いてこないのよ。見つけたんだけど、助けられなかった」

「なぜ!」

「助かろうとしてないの。私に掴まってもこないし、浮かぼうともしてないの」

「くそ!」

ヴォルケンは海に潜る。沈んでくる船の残骸《ざんがい》にぶつかりながら、ようやく一人の姿を見つける。手を掴むと、反応があった。まだ生きている。

抱えて水面に浮かび上がる。瘦《や》せこけた体を木屑に掴まらせようとする。しかし、助け出した相手は、ヴォルケンの手を力なく振り払う。

「なぜだ」

ヴォルケンは、沈もうとする彼の服を掴んで引き上げる。

「なぜだ、生きたくないのか!」

肉は、掴まれた服をちぎりすてる。そして、また沈んでいく。

「生きたくないのか!」

ヴォルケンは叫び、また叫ぶ。返答はなく、船の沈む音だけがヴォルケンの声に答えていた。彼らは、長い間家畜として生きていた。その日々が、生きる意思すら奪っていたのだろう。

ヴォルケンとミレポックは、何度も海に潜って救助を試みる。そしてそのたびに、徒労《とろう》感を味わった。

結局、ミレポックが呼んだ船が助けたのは、助ける必要もないヴォルケンたちだけだった。

ヴォルケンは、自分の後悔多き過去を語り続けている。オリビアはそれを、無表情のまま聞いていた。オリビアはかつて、白煙号で飼われていた。だが同じ場所、同じ境遇で生きていた仲間たちの死の話に、全く心を動かされていなかった。

唯一反応したのは、落書きの文面についてだ。

「ああ、かすかに覚えているよ。それを書いたのは、あたしだ」

「………そうですか」

「そうか……ベンド＝ルガーは生きている、か」

そう言ってオリビアは笑う。嬉しくて仕方ないといった顔だ。死んでいった肉たちのことなど、オリビアは気にも留めていない。

オリビアはこういう人間だった。目的のためならば、他人のことなど歯牙《しが》にもかけない。オリビアがそういう人間だとは、わかっていた。しかし、目の当たりにすると不快感を覚えずにはいられない。

この女は信頼できる相手ではないかもしれない。誰のことも、利用することしか考えない女だ。それでも、ヴォルケンは彼女を助けていくしかないのだが。

「話を続けます」

事件の後。ヴォルケンは疑惑を抱いていた。爆破させたのはハミュッツではないかという疑惑だ。だが確証はなく、動機もない。疑惑はそれ以上のものにはならなかった。

武装司書は多忙だった。神溺教団との戦いが始まっていた。当面の目的は、シガル＝クルケッサという男の捜索。鉱山管理を任されているヴォルケンも、それに加わっていた。

普段どおりの業務も怠《おこた》れない。息をつく暇もなかった。

ヴォルケンの状況が変わったのは、しばらく時が過ぎてからのことだった。

「ねえ、ヴォルケン。今の仕事と関係ない話なんだけど」

仕事の報告を終えた後の、なにげない雑談。じつにさりげなくハミュッツは切り出した。後で思い返すと、ハミュッツはさりげなさを装っていたのだろう。隠しておかなくてはいけない、重大な真実を、些細《ささい》な雑談の中にまぎれこませていたのだ。

「はい、なんでしょう」

「ううん、どう言えばいいのかな。なんかさ、変な奴に『本』を貰《もら》わなかった？」

身に覚えはなかった。

「変な奴、というのを具体的に願います」

「変な奴は、変な奴なのよねえ。具体的にか……」

ハミュッツは考える。しばらく考えた後、首を横に振った。

「いいわ、なんでもない」

「なんの話だったのですか？」

「ん、ちょっとした確認かな」

そのときは、気に留めなかった。数日後、ヴォルケンはその会話の意味を知る。


バントーラ図書館から、赴任先の自宅に帰った後のことだった。

半月以上帰っていなかった自宅だった。久しぶりに制服を脱いで、私服に着替える。きちんとしたベッドで眠るのも一週間ぶりぐらいだった。

ふと、箪笥《たんす》の奥にしまわれていた私服のポケットに目を止めた。ここ数年、着ることのなかったスーツの、胸ポケットが膨《ふく》らんでいる。小さな紙片が、ポケットの端から覗《のぞ》いていた。

「何だ？」

ヴォルケンはスーツを取り出す。ポケットの中に入っているのは、一冊の『本』だった。

紙片を取り出し、中を見る。

流麗《りゅうれい》な字で書かれた、ヴォルケンへの手紙だった。

『ヴォルケン＝マクマーニ様。

あなた様へ、この一冊の『本』を託《たく》しとうございます。この物語に続きを与えるために。

元来、受け継ぐべき人物はあなた様ではございません。あなた様に託すのは、やむをえぬ措置でございます。

この『本』の物語を、受け継ぐべき人物は、オリビア＝リットレット様。なれど彼女は、もはや生きる力を失ってございます。

この物語を受け継がれる可能性は、苔《こけ》が大樹に育つ可能性よりも低うございますが、人の世はわからぬものでございますゆえ、いつかこの『本』が、オリビア＝リットレット様へ届く可能性もございます。何時《いつ》の日か、オリビア様にこの『本』が届きますことを。そして、物語に結末のもたらされることを、心より願ってございます。

追伸。くれぐれもハミュッツ様にだけは知られることのないように』

「……………意味がわからん」

ヴォルケンの頭は混乱する。手紙は、読み手の理解を初めから拒絶しているようだ。この『本』をオリビアという女性に渡せば良いのだろうか。

「……オリビア、か」

しばし考え、思い出す。それは、白煙号の落書きにあった名前だった。そして末尾《まつび》に書かれている、ハミュッツには知られないようにという忠告。

ヴォルケンは、数日前のハミュッツとの会話を思い出した。

これは、密告だ。

ハミュッツが言っていたのは、この密告を受け取っていないかという、確認だったのだ。

ヴォルケンは『本』に手を伸ばす。

予想どおりそこには、白煙号が沈没した理由が書かれていた。白煙号を沈めたのは、やはりハミュッツ＝メセタだったのだ。そして、知った。船を沈めたのは、オリビア＝リットレットなる人物を、殺すためだということを。

「それで、あんたはハミュッツに反逆を」

「そうです。ハミュッツが船を沈めたのは、あなたが目的だった。あなたを殺すために百人も巻き添えにする。そんな非道がありますか。神溺教団の連中と変わらない」

「……………どうかしらね」

いきりたつヴォルケンに対し、オリビアの反応は薄い。

「俺は、あなたの目的を知りません。なぜ、ハミュッツがあなたを殺すつもりなのかもわかりません。ですが、ハミュッツが外道だということはわかっています。あなたと、何者かに託されたあの『本』と、自転人形ユックユック。全ての証拠をそろえて、ハミュッツに突きつける」

「…………そう。好きにしなよ」

オリビアは、そっけなく言う。彼女の目的は、記憶を取り戻し、ベンド＝ルガーを取り戻すことだ。ハミュッツのことは関係ない。

「あんたも、おかしな奴ね。どうしてそんなに熱くなれるのさ」

一言だけ、そう感想を漏らした。

ヴォルケンは、ふと、昔のことを思い出した。敬愛した武装司書、フォトナのことだ。

彼が今の自分を見たら、なんと言うだろうか。馬鹿なことをしているとは、絶対に言わないはずだ。

人の命を、ないがしろにする者を許さない。それは、フォトナから受け継いだ信念なのだから。バントーラ図書館で育ったヴォルケン。今までの人生は、常にフォトナとともにあった。


十年も前のことになる。ヴォルケンは、バントーラ図書館で遊んでいた。たいていは、仕事の暇な司書たちや、『本』の閲覧《えつらん》に来た利用客が遊び相手だが、その日は一人だった。

「……誰もいないな」

そう言いながら、ヴォルケンはかごの中の『本』に手を伸ばした。これから封印《ふういん》書庫に配架《はいか》されるはずの『本』だ。『本』を運ぶはずの武装司書が目を離した隙《すき》を、ヴォルケンはついた。どうしても、その『本』を読んでみたかった。読んではいけない封印書庫の『本』は、幼い彼の冒険心をくすぐった。

「……誰もいないよな」

ヴォルケンは、魔術の才能を開花させつつあった。いずれ、武装司書になることは間違いないと、皆が言っているのも知っている。

罪悪感はなかった。いずれは武装司書になるんだ。少し見るのが早いだけ。そう思って、ヴォルケンはかごに手を伸ばした。

その時、後ろから声がした。

「こら！　何してんの！」

後ろから声がかかった。『本』を運ぶはずだったハミュッツだ。ヴォルケンは慌てて逃げようとする。そのときに、かごが落ちた。

「ここに入っちゃ駄目でしょ」

もっと悪いことに、慌てふためいたヴォルケンは、『本』を踏みつけてしまった。足の下で嫌な音がした。『本』は、五つか六つの、破片に散らばってしまった。

「……………あちゃ」

ハミュッツが顔を押さえる。

ヴォルケンの足が、『本』を踏んだまま、がくがく震えた。怖いのは、『本』を壊したことではなく、フォトナに怒られることだった。

フォトナのことが、怖かった。武装司書の中で一番怖い人物だった。

館長代行室から、ハミュッツが出てきた。表情は暗くない。叱責は、あまりきつくはなかったようだ。そもそも彼女は、怒られても堪《こた》えない人間だ。

だがヴォルケンは違う。体が宙に浮いているような恐怖を感じながら、館長代行室に入る。

『本』は砕けても、破片に触れれば読める。だが、破片から読み取れるのは一部の情報だけだ。砕ければ、記《しる》された内容の大部分は消えてしまう。

「『本』を砕くのは、人を一人殺すのと同じだ」

常々《つねづね》そう言われてきた。

館長代行室には、フォトナとイレイアがいた。少し安心する。フォトナ一人と向き合うよりはましだった。フォトナの鋼のような視線が、ヴォルケンに向けられる。

フォトナ＝バードギャモン。

体は、あまり大きくない。ハミュッツと同じぐらいの身長だ。着ているのは、どこかの軍隊の二等兵が着るような、格好《かっこう》の悪い戦闘服だ。彼の地位にも、彼の風貌《ふうぼう》にも不似合いな服だが、動きやすいことと丈夫《じょうぶ》であること以外の利点を、服装に求めない男である。

年は四十に近い。だが、その顔は十八かそこらの少年のものだ。彼は肉体の老化が、ずっと前から止まっている。肉体強化の魔術を極限まで磨《みが》きあげた者に、ごくまれに発生する現象である。その顔だけでも、彼が途方もない戦闘力を保持していることは明白である。

純白の髪の毛は生来のものだ。魔法権利を保持している証《あかし》ではなく、生まれつき体の色素が薄かったのだという。

何よりの特徴は、その目つきだ。老いた獅子《しし》のような目は、普段でも向き合うだけで怖い。

「ヴォルケン。お前は武装司書になるな」

開口一番《かいこういちばん》、フォトナは言った。予想していた最悪の言葉より、はるかに辛い一言だった。言葉のショックと、フォトナから伝わってくる威圧感《いあつかん》で、泣き出すこともできなかった。

「代行」

イレイアが、声を上げる。フォトナはそれを無視する。

「それだけだ。下がれ」

叱責すらなかった。ヴォルケンは、言い返すことも謝ることもできなかった。

ヴォルケンが泣き止《や》むまで、何時間もかかった。泣き止んだのはショックが和《やわ》らいだからではなく、泣き疲れたからだった。

「厳しすぎじゃないか。フォトナさんは」

と、マットアラストが苦虫を噛み潰《つぶ》すように言った。ヴォルケンは心底《しんそこ》から、武装司書になりたかった。マットアラストに、ビザクに、イレイアに、そしてフォトナにも憧《あこが》れていた。憧れと、今まで育ててくれたことへの感謝が、武装司書を目指す理由だった。

「もともと、代行はヴォルケンを武装司書にしたくはないらしいわ」

イレイアが言った。

「確かにそんなところはあったなあ。どうしてだよ、と、ヴォルケンも思っていた。自分には才能があるらしい。強くなりたいという意思もある。何よりも、バントーラ図書館が好きなのに。

ヴォルケンが壊した『本』は、ディザラ共和国という、小さな国に暮らした男のもの。犯罪集団のリーダーだという。許せない、とヴォルケンは思った。フォトナへの怒りもある。同時に、自分から未来を奪ったその『本』への怒りもあった。

たくさんあるうちの一つじゃないか。たったそれだけのことなのに、どうしてこんなことになるんだ。ヴォルケンの悲しみは、怒りへと転化されていった。

イレイアのとりなしで、図書館を追い出されることはなかった。無気力な時間が、しばらく続いた。ある日、マットアラストに声をかけられた。

「あのさ、第六階層の閲覧室の、54番に行けってさ」

「え？」

ヴォルケンは、階を降りてその言われた閲覧室に入っていった。

年老いた男性が一人、中にいた。

「おや、迷子かな」

老人は言った。この人がヴォルケンを呼んだのではないようだ。なら、どうしてここに来なければならないのだろうか。

理由は、すぐにわかった。机の上にある『本』に、目が向いた。ヴォルケンが踏んで壊した『本』だった。

「坊や。ここは勝手に入ってはいけない場所だよ。武装司書に怒られるのは怖いぞ」

老人が言う。ヴォルケンは、うつむきながら老人に近づく。大きく、勢いよく頭を下げる。

「ごめんなさい！」

「……そうか。君か」

それだけで、老人は事情を察したようだった。ヴォルケンの肩を優しく叩き、頭を上げさせる。ここに行くように言ったのは誰か、見当がついた。きっとフォトナだろう。

老人はヴォルケンを椅子に座らせて、話をした。『本』の人は、古い友人だったという。若い頃をともに過ごし、死が二人の仲を分けた。

「彼は友人だった……褒められた人間じゃなかったよ、少なくとも、彼の周りにいた人たちは、死んで、せいせいしただろう」

ヴォルケンは、黙って老人の話を聞いていた。

「私も、彼も、貧乏でね。ただ、金が欲しかった。せめて病気になったら医者にかかれる程度にはね。だが、彼はいつの間にか、道を間違えた。どういうわけか、絞首台《こうしゅ》に向かう道に進んでしまった」

老人は語り続ける。若い日の光が、その目にだけ戻っていた。

「道を間違える前は、本当に良い男だったよ。皆が彼を慕《した》った。その頃を覚えている者は、もう私一人ぐらいだろうがね。

その頃の思い出を、見たかったのだがね……」

破片になった『本』からは、その頃のことは失われたのだ。

「あの頃のことは、もう誰も知らない。彼のことが、人の口に上るときは、いつも恨み言ばかりだ。バントーラ図書館からも、あの頃の彼は失われてしまった」

ヴォルケンは鼻をすり上げた。泣いてはいけないと、自分に言い聞かせた。

「いいんだよ、坊や。私が知っている。私の『本』には、彼の思い出が書いてある。それなら、大丈夫さ。あの頃の彼は、この世に残り続けるんだからね」

フォトナがここに、ヴォルケンを行かせた理由がわかった。一冊の『本』がどれだけ大事なものか、わからせようとしたのだ。


その後、もう一度ヴォルケンはフォトナと話をした。老人と何を話したか、それを聞いて何を思ったか。そのことには全く触れず、フォトナは一つの質問をした。

「武装司書は、なぜいる？」

老人と別れた後、ヴォルケンはそのことをずっと考えていた。

「『本』には役に立つ情報が、書いてあるからです。それらを生かし、悪用を防ぐためです」

「世の中には、役に立つ情報を持たない者のほうが、遙かに多い」

「その人の思い出に、会いたい人がいます。残された人たちは、死者の思い出を大切にしたいと思うからです」

「そう思う人がいなければ、『本』を捨てても良いのか？」

悩んだのは、その先だ。なぜ、『本』は大切なのか。その本質的な理由だ。

「どんな人でも、自分のことは特別なんです。だから、どんな『本』も、特別です。その、上《う》手《ま》く言えないんですが」

「……………ヴォルケン」

フォトナは立ち上がり、ヴォルケンの頭に手を乗せた。一房の、若草色の髪の毛を、指でつまんだ。

「人は死ぬ。死ぬまでのわずかな間、懸命に生きる。その間に行われる、全ての物語は尊い。善人も悪人も。長くとも短くとも。波乱に富むものも、平坦な人生を送ったものも。それは理由や、是非《ぜひ》を問うものではない。全ては等しく尊い。わかるな」

そうだ、そう言おうとした。

「人の死は、悲しまなくてはならない。救えることを、喜ばなくてはならない。人が生きることを尊ばなくてはならない。

それが武装司書の正義。強さよりも、忠実さよりも、大事なことだ」

その時ヴォルケンは、生涯で一度だけ、フォトナが笑うのを見た。

「それが判《わか》れば、お前は良い武装司書になる」

分厚く、ごわごわとした、フォトナの掌《てのひら》。その感触が、ヴォルケンの人生の指針になった。

強くなること。武装司書の正義を守ること。フォトナのようになること。呼吸を続ける全ての時間を、ヴォルケンはそのために費《つい》やすことを決意した。

隣で話を聞いていたイレイアが言った。

「親バカ」

マットアラストが噴き出す。

「イレイアさん。一言で切り捨てちゃだめだよ」

横で聞いていたビザクも笑い出す。

「ヴォルケンは、頑張《かんべん》るだろうな。フォトナがもう一人増えるぞ」

「そりゃちょっと勘弁して欲しいなあ。あんな人が二人もいたら、おちおちサボれない」

「馬鹿。サボるな」

皆が、和やかに笑いあう中で、一人だけ別の表情を浮かべている者がいた。ハミュッツだ。

そのことは、その場にいる誰も気がついていない。

「まったく、フォトナさんったらねえ」

その顔が浮かべているのは、嘲笑《ちようしよう》だった。


飛空艇を操縦しながら、ヴォルケンは思う。

「フォトナさん……俺は、間違っていませんよね」

確信があった。確信があるからこそ、いまこうして飛んでいるのだ。


そのしばらく前。

イスモ共和国にある、ホテルの一室。チェスの駒《こま》を弄《もてあそ》ぶ男がいた。彼の前に置かれているチェス盤に点在する駒を、一人で動かしていた。盤面《ばんめん》は白の圧倒的な優勢だった。

楽園管理者である。

黒の王の上に、一匹の蜂《はち》が止まった。その腹には指二本分ほどの大きさの紙片が巻かれている。楽園管理者は、紙片の文字を読む。

「ヴォルケンが反乱。ふむ、おかしなことがあるな」

バントーラ図書館で育てられていた少年の顔を思い出す。幼かった彼の顔しか、楽園管理者の記憶にはない。

もう一匹蜂が飛んできた。続報が書かれた紙片を読む。

「……………オリビア＝リットレットが蘇《よみがえ》ったか。はて、誰だったかな」

楽園管理者はしばし考える。その名前が、誰のものかが思い出せない。チェスの駒を操る手を止めた。

「……………まさか、あの女か？　白煙号のあの女か？」

楽園管理者は、思わず立ち上がる。だが、すぐに気を取り直して座る。

「まあ、いい。おそらくはハミュッツが殺すだろう」

そう呟く。だが消えない、わずかな危機感。

「だが……一応、動いておくか」

第三章　鉛の心

勝利とは何か。

それがチェスならば話は簡単だ。相手の王を詰めば、それが勝利だ。

ビリヤードでも簡単なことだ。9番の球をポケットに落とせば、それが勝利だ。

戦闘であれば、相手が死ねばそれが勝利だ。

あるいは、相手が降伏《こうふく》すればそれが勝利だ。

自《みずか》らが生き延びれば、それが勝利となる場合もある。

人生の中で、ハミュッツ＝メセタほど多くの勝利を得てきたものは、数少ないだろう。勝利について、彼女ほど多くを知るものも、そうはいない。

だが、ハミュッツ＝メセタにもわからないことが一つある。

相手を降伏させ、その相手を殺し、それでもなお勝利にならない者がいるとしたら。

それに勝つにはどうすればいいのか。

勝利とは、いったいなんなのか。

飛行機の中でハミュッツは、そんなことを考えていた。ヴォルケンとレナスを乗せた飛空艇《てい》は今どこを飛んでいるのか。時間的に、追いつけるか否《いな》かは微妙なところだ。

「……オリビア、か」

すでに、確信はある。レナスの正体は、オリビア＝リットレットであると。アロウ沖事件。ヴォルケン。レナス。この三つを結ぶ線は、オリビア以外に、どう考えても存在しない。

ハミュッツはオリビアの顔も知らなかった。名前から、女性であることを知っているだけだ。

「まさか、ねえ」

操縦桿《かん》を握るハミュッツの手に、思わず力がこもる。そして、愚痴《ぐち》をこぼす。

「たしかにさあ、可能性はあるわよ。でもさ、ありえないでしょう、本当に」

白煙《はくえん》号を沈めたときに、オリビア＝リットレットは死んだと思っていた。だが、ハミュッツが船を沈めたとき、たまたまオリビアは船から立ち去っていた。そして、ウインケニーに別の人格を植えつけられ、バントーラ図書館にやってきた。さらにモッカニアの反乱で生き延び、その上にヴォルケンと出会った。

偶然、なのだろう。そうとしか考えられない。しかし出来過ぎだろうと言いたくもなる。

「ありえないでしょう、本当に」

ハミュッツはぼやく。

そう。この戦いは初めから、ありえない事態で成立している。

事の発端《ほったん》は、アロウ沖事件からさらにさかのぼる。神溺教団《しんできょうだん》との戦いが始まってもいなかった頃から、物語は始まっていたのだ。

十年前。三級武装司書ハミュッツ＝メセタは若かった。

規律と風紀に厳《きび》しい、館長代行フォトナ＝バードギャモンの前では、さすがのハミュッツもだらしない格好《かっこう》は控《ひか》えている。シャツのボタンは一番上まで留まり、サンダルではなく革靴《かわぐつ》を履《は》いている。

三つ編みの髪の毛が背中に垂《た》れ、白いリボンで結ばれている。

バントーラ図書館を遠く離れた、メリオト公国。西部に広がる山岳《さんがく》地帯の中である。ハミュッツと、フォトナの二人が岩肌《いわはだ》の露出《ろしゅつ》した山の中を歩いていた。

「あ、向こうが先に来てますねえ」

ハミュッツが言う。風に乗せた触覚糸《しょっかくし》から入ってくる情報だ。

「遅れたか？」

とフォトナが言った。

「いえ、こっちが時間どおりだと思いますよう」

フォトナは小さく頷《うなず》き、歩き続ける。

「あ、うさぎだ。わーい」

ハミュッツは遠くで顔を覗《のぞ》かせた野うさぎを目ざとく見つける。手を振ると、すぐに顔を引っ込めた。追いかけていって抱き上げたいが、フォトナが怒るだろうからできない。

「ハミュッツ。急ぐぞ。他の武装司書には、極秘《ごくひ》の任務だ。可能な限り早く終わらせたい」

フォトナは地を蹴《け》り、十数メートル離れた岩に、軽やかに着地する。

「はあい」

ハミュッツもそれに続く。二人は程なくして、目的の場所に着いた。

フォトナがヴォルケンを叱責《しっせき》し、その後、命の尊さを教え込んだ日から、一月《ひとつき》が過ぎた頃である。


「久しぶりだな」

と、フォトナが挨拶《あいさつ》をした。山の中腹にある平らな岩の上に、一人の男がいた。山の下からわざわざ運んできたのか、籐《とう》の椅子《いす》に座っている。

その姿も顔も、見えてはいる。だが目をそらすと、記憶の中には残っていない。ハミュッツは触覚糸で男の体を撫《な》で回す。見えてはいるが、この場に存在していないことがわかった。

「ハミュッツ。紹介しよう。当代の楽園管理者だ」

ハミュッツは握手しようとするが、楽園管理者は応じない。この場にいないのだから、当然のことだが。

「よろしくお嬢さん。お名前は?」

楽園管理者は言った。代わりにフォトナが答えた。

「ハミュッツ＝メセタ。三級武装司書だが、いずれ館長代行になる人物だ」

あらま、とハミュッツは思った。有力候補のマットアラストを差し置いて、そんなことを言ってもいいのだろうか。

「ねえ、次の代行、わたしなの？」

「俺はそのつもりだ。反対者がどれだけ出るかにもよるが」

「マットなら反対者でないですよ。あいつけっこう人望あるし」

「状況しだいだ。それに、マットアラストにはまだ我らの秘密を伝えていない」

「そうだけどねえ」

「ああ、失礼」

楽園管理者が片手を挙げる。

「そっちの人事の話は、あとにしてくれないか」

「そうだな」

と、フォトナは楽園管理者に向き直る。

「フォトナ。ハミュッツのお嬢さんは、事情をご存知なんだな」

「ああ」

「我らの関係も、天国と神の正体も？」

ハミュッツが、にまりと笑う。

「ええ、よく知っているわよう。楽園管理者さん」

「納得もしているんだな」

「当然よ」

「ならば良い。よろしくお願いする、ハミュッツのお嬢さん」

楽園管理者は小さく頭を下げた。


挨拶《とりで》を終えた三人は、さらに移動した。山頂にたどり着き、下を見下ろす。山の中腹に、岩の砦があるのが見えた。

通常火器に備えた砦ではない。戦車を防ぐ壕《ごう》も、歩兵を防ぐ有刺鉄線も見当たらない。代わりに、魔術による防壁が全体を覆《おお》っている。魔術を使う戦士の攻撃に備えた砦だ。

「あそこに立てこもっているのが、我らへの反逆者だ」

「あの中にいるので、全員か？」

フォトナが尋《たず》ねる。

「ああ。あの中にいる者以外は、私の手兵《しゅへい》が殲滅《せんめつ》した」

「間違いはないな。降伏者も、全《すべ》て殺したのだな」

フォトナが念を押す。楽園管理者は、当たり前だと頷いた。説明を続ける。

「敵は、一人の少女だった。彼女は真人《しんじん》でありながら、天国を滅ぼそうとした。その真人は殺したのだが、仕《つか》えていた擬人《ぎじん》たちが、戦いをやめようとしない。

連中は、私に対抗するために、強力な兵器を用意した。残念だが、私たちにはもう手に負えなくなってしまった。恥《はじ》をしのんで、あなた方に頼るしかなかったのだ」

「楽園管理者。正直に言えば、お前の仕事には失望している」

フォトナが楽園管理者を叱責する。

「情報の管理が不徹底だ。擬人も手駒《てごま》不足だ。真人の質もよくない。自分を力量不足だと感じるなら、すぐにでも俺に言え。解任して、別の楽園管理者を立てる」

「もう少し待ってもらえないかな。最近、ようやく仕事が軌道《きどう》に乗りつつあるんだ」

「……まあいい。多少能力の足りない程度が適任かもしれない。武装司書へ反逆を企《くわだ》てようとも思わないだろう」

「反逆だなんて、やめてくれ。我々は上手《うま》く共存できているじゃないか」

「そのとおりだ」

この会話を、他の武装司書が聞いたら驚愕《きょうがく》するだろうな、とハミュッツは思った。心の中で、笑う。世界全ての敵である神溺教団の長《おさ》と、館長代行が仲良く話し合っている。

わずかな例外を除いて、神溺教団と武装司書の関係は、下の者には明かされない。武装司書でも神溺教団でも、それは同じことだ。

「とりあえず、お前はもう少し、戦闘力のある擬人を配下に持て。何かあるたびに、我々の力を借りるのでは、秘密の保持に支障が出る」

「それは申し訳ないとは思っている。だがな、フォトナよ。

神溺教団は、人を幸福にするために存在する組織だ。死後の幸福のために天国があり、死ぬ前の幸福のために私がいる。

幸福は、戦いとは無縁《むえん》の場所にあるものだと私は思っているよ」

実にまっとうな正論を、楽園管理者は口にした。

「それは時と場合による。最低限の力があってこその平和であり、平和あっての幸福だ」

フォトナの言い分も、全くの正論だ。

ハミュッツは、また笑い出しそうになる。この会話だけ聞いていれば、誰しも二人を全くの平和主義者だと思うだろう。

これから、フォトナたちは虐殺《ぎゃくさつ》を行おうとしている。ヴォルケンに命の尊さを説いたその口で、フォトナはハミュッツに虐殺の指令を出した。

しかも、ただの虐殺ではない。命令は、「真なる死」を与えることなのだ。

「ねえ、ちょっと待って欲しいのよ」

今まで黙っていたハミュッツが口を開いた。二人の目がハミュッツに向く。

「一方的な虐殺なんて、野蛮《やばん》な話ねえ。世の中には、ご時勢ってものがあると思うのですね」

楽園管理者が、目を丸くしてフォトナを見る。フォトナは喋《しゃべ》らせておけと首を横に振る。

「今は民主主義、人権の社会、話し合いの世の中ですよう。何事もまずは、話し合いで解決しなきゃいけないでしょう」

「あのお嬢さんは何を言っているんだ？」

「放っておけ」

ハミュッツは山頂から砦に向けて飛び降りる。楽園管理者は首をかしげ、フォトナは憮然《ぶぜん》として見送った。

砦に近づく。つい先ほど、言ったことの手前もある。砦を壊したり、兵を殺したりはしない。ハミュッツは扉に無造作《むぞうさ》に近づき、平然と話しかけた。

「ねえ、ここ開けて」

「何者だ?」

中から問われた。

「武装司書よ。話し合いに来たのだけど」

と答えると、意外にも、素直に扉は開いた。敵も戦況の不利は理解しているようだ。藁《わら》にもすがりたい状況だろう。フォトナたちが話し合いに来たというなら、なおさらだ。

ハミュッツが扉の中に入ると、妙な物を見つけた。いや、妙な者と呼ぶべきか。中に入った扉の両脇《わき》に一つずつ、人形が立っている。等身大の、男の人形だった。カーキ色の質素な服を着ている。顔の上半分を、つばの広い帽子で覆っている。

顔は、金属でできている。色から察するに、鉛《なまり》だろう。

「なにこれ」

ハミュッツは顔を撫でてみる。金属の冷たさの中に、かすかな温かさを感じる。顔をノックすると、首が動いた。つばの下から、鉛でできた目がハミュッツを見た。

「うわ、怖っ」

その時、ハミュッツを迎えに来たのか、一人の男がやってきた。長い籠城戦《ろうじょうせん》に疲れ果てた顔だ。頬《ほお》はこけ、目の下にべっとりと塗りたくったようなくまができている。

「……それはベンド＝ルガーだ。我らを守る鉛の戦士」

雷雨《らいう》直前の黒雲のような、くぐもった声で男が言った。なるほど、これが楽園管理者の言っていた兵器なのだろう。

「これは、ベンド＝ルガーっていうのね。こっちの人は？」

ハミュッツはもう片方の人形を示す。

「それもベンド＝ルガーだ。鉛の人形は、どれもベンド＝ルガーだ」

「……なんか不便そうね。ま、別にいいけど」

二つの人形を、しげしげと観察する。人の身を超えた、鉛の戦士。並の銃弾や剣では、効果がないだろう。なかなか悪くない発想だ。

ハミュッツはベンド＝ルガーたちから離れ、男のあとに続いた。

「まあまあ、ってとこかしらね」

ハミュッツはそう論評した。だが、ハミュッツやフォトナ相手に、まあまあでは意味がない。

砦の地下室で、ハミュッツは擬人の代表者と対面した。酒も、コーヒーも、紅茶もないのだろう。砂臭《くさ》い水が一杯だけ、ハミュッツに提供された。

白髪まじりの男が、腕を組んで座っている。反逆者というよりも、逃げ回り、追いつめられた草食獣のような男だった。

「ま、わかってると思うけどね、わたしたちの目的は、菫《すみれ》の咎人《とがびと》に真なる死を与えることよう」

ハミュッツは言った。菫の咎人、という名前に、擬人の長がかすかに反応する。

反逆者の指導者であった一人の真人。その名を呼ぶことは、もはや許されていない。便宜《べんぎ》上、その美しかった髪の色にちなみ、菫の咎人と呼んでいる。

「真なる死、か」

ハミュッツが補足《ほそく》の説明をする。

「菫の咎人が、存在したという事実そのものの抹殺《まっさつ》。菫の咎人に関《かか》わる、あらゆる記憶と記録と痕跡《こんせき》の抹消。それを真なる死と呼ぶわ。神の代理人が下す、この世で最も重い刑罰よ」

擬人の長は、ハミュッツの宣告を無表情に聞いている。もはや絶望など、慣れきっているのだろう。

「ねえ、もう、菫の咎人はこの世にいないわ。可憐《かれん》な菫は、楽園管理者に摘《つ》まれて消えた。彼女のことはアーガックスの水で忘れて、別の真人に仕《つか》えたいとは思わないの？」

擬人の長はくく、と力なく笑う。何をいまさら、とでも言うような笑い方だ。死を覚悟した人間は、時にこういう笑い方をする。

「あの方あってこその我らだ。あの方を忘れろというのは、我らに我らでなくなれということだ。無論、拒《こば》む」

「そうね、あんたらはそういう人間だったわねえ」

ハミュッツは、少し目線を外し、考えた。

提供された水を飲み干し、立ち上がる。ゆっくりと部屋の中を歩く。歩きながら笑い、そして言った。

「じゃ、そろそろ本題に入るわねえ。あんたらに要求があるのよ」

今までの話は、本題ではなかったのか、と擬人の長がいぶかしむ。

「要求ってのは単純な話でね、まあ、お互いに利益のある話だから一応提案してみようって思ったんだけどさ」

「……なんだ」

「全員、自殺してくれない？」

ハミュッツは本気で言っていた。擬人の長はしばし悩み、そして、腰の銃を抜いてハミュッツに向けた。

その手首が、投石器の紐《ひも》で引きちぎられた。

虐殺が、始まった。

ハミュッツは礫弾《れきだん》で天井を打ち抜き、砦の尖塔《せんとう》へと飛び上がる。砦を見た瞬間に、ここに陣《じん》取《ど》ると決めていた場所だ。

投石器を振るう。周囲に群がっていた鉛の人形たちを蹴散《けち》らす。砕《くだ》かれ、ちぎれた手足が、落ちていく。

同時に、フォトナが砦の壁に跳躍《ちょうやく》するのをハミュッツは見る。

斬撃《ざんげき》が四閃《せん》。ハミュッツの目ですら、追うのがやっとの速度だ。魔術による強化がかけられていた砦の壁に、真四角の穴が空《あ》いた。

フォトナが振るうのは、何の変哲《へんてつ》もない一本の棒切れだ。楽園管理者がさっきまで座っていた椅子の脚《あし》である。

フォトナの能力は、夢想侵略と名づけられている。文字通り、想念をもって現実を侵略する能力である。究極の戦闘能力、因果《いんが》抹消攻撃に限りなく近い。フォトナには、対象に刃物を当てる必要はない。斬《き》った、という確信がありさえすれば斬れているのだ。篠の棒を振るうのは、斬ったという確信を得るための儀式に過ぎない。鉛も鋼《はがね》も、フォトナの前には何の意味もない。ハミュッツの足元では、今頃地獄が展開されているのだろう。

「さてと」

ハミュッツが尖塔の頂上に陣取ったのは、逃げる者を狙撃《そげき》するためだ。目的はここにいる全員の死。一人の討《う》ちもらしも、あってはならない。

「む、期待はずれ」

だが、ハミュッツの思惑《おもわく》は外れた。逃げる者などいない。ハミュッツの礫弾が襲《おそ》う先は、尖塔に群がる鉛の兵隊たちのみであった。

鉛の兵隊たちは死んでゆく。誰一人、涙一つ、こぼさずに。

そのような機能を、持ち合わせてはいないのだろう。いや、そんな機能は、削除《さくじょ》されているのだろう。

「……ふん、」

誰が設計したのか知らないが、馬鹿《ばか》な兵器を生み出したものだ。ハミュッツはそう思わずにはいられない。

死を顧《かえり》みずに立ち向かってくる兵隊は、向かい合う者にとっては確かに恐ろしいだろう。相手がハミュッツとフォトナでなければ、恐怖を感じているに違いない。

だが、そんな敵は、殺せば終わりだ。死んだ敵はもう闘《たたか》わない。

本当の意味で恐ろしいのは、死なない敵だ。負けるとわかれば降伏し、殺されるとわかれば逃げ出す敵。負けても負けても戦い続ける敵だ。そういう敵がいるかもしれないと思ったから、ハミュッツはここに陣取り、投石器を振るっているのだ。

「つまんないなあ」

敵の行動が、自分の予想を下回ることほど、つまらないことはない。相手に寝返って、戦術指導をしてやりたい気分になる。

鉛の兵隊たちの姿が消えると、戦いは終わりだ。残る仕事はただの殺人だ。砦の中に残る、戦闘力を持たない者たちを、殺すだけの作業になる。

はじめから戦いになっていなかったとはいえ、この作業は前以上に退屈だった。ハミュッツは浮かない顔で、それをこなしていく。

「神様あぁ！」

槍《やり》を持って突撃してきた老婆を殺す。帰ったら何をしようと考えながら。

「弾、弾、弾が出ない、なんでよ！」

銃の安全装置を外さないまま、必死に引き金を絞《しぼ》る少女を殺す。休みでも取って、どこかへ行こうかと考えながら。

「うわあああああ！」

もはや何も考えられないのか、素手で遮二無二《しゃにむに》走ってくる男を殺す。フルベックに、新作のシネマでも見に行こうかと、そんなことを考えながら。

「ああ、つまらない」

ハミュッツは思わず大きな声を出してしまう。

「ハミュッツ……ハミュッツ＝メセタ、お前は！」

下を見ると、さっき話した擬人の長が、銃を構えていた。ここで監視している必要も、もうないだろうと思ったハミュッツは、触覚糸を引っ込めて飛び降りる。

片腕から血を噴《ふ》き出しながら、残った片手で銃を撃つ。狙《ねら》いが定まらない。ハミュッツが避《よ》けるまでもなく、弾は外れて消えていく。投石器の紐が首にかかり、あっけなく刎《は》ね飛ばした。

ハミュッツは、もはや何の感情も抱かず、殺し続ける。パーニィの映画はあんまり面白《おもしろ》くないとマットアラストが言っていた。あいつはシネマに詳《くわ》しい。どんなのが良いか聞いてみようとハミュッツは思った。

死んでゆく連中に言いたくなる。お前らは何をしているんだ。こんなところで死ぬよりも、もっと戦い方があるだろうに。一人でもいいから逃げて、仲間を探して、武器を見つけて、何度でも、挑《いど》んでくれれば良いだろう。

フォトナが淡々《たんたん》と殺している。あくびをかみ殺すハミュッツとは対照的な表情だ。いつもと変わらない、真面目《まじめ》な表情。書類仕事でもこなしているような顔だ。

感情を露《あらわ》にするハミュッツ。感情などそぶりも見せないフォトナ。

果たしてどちらのほうが、より人の道に外れているのだろう。

程なくして、作業は終わった。砦はフォトナの放った火に包まれ、ぶすぶすと煙を吐いている。もしかしたら、まだ隠れている者がいないかという、細心なフォトナの判断だ。

「こうまでする必要が、あったのかとも思いますがね」

楽園管理者が、項垂《うなだ》れながら言う。

「あなたがやってくれって言ったんじゃない」

「ですが、みんな、私の可愛《かわい》い擬人たちです。殺すのは、やはり辛《つら》い」

フォトナはまだ生き残りを探している。どこまで仕事熱心なのかとハミュッツは思う。

「あの連中はね、頭を潰《つぶ》せば死ぬ敵じゃないわ
　菫の咎人に従うものは、みんな利害や損得《そんとく》とは、別の勘定《かんじょう》で戦っていたわ。菫の咎人が人生の全て。滅ぶか、勝つか、それ以外の道を放棄《ほうき》した。

　そういう相手はね、こうするしかないのよ」

「……」

「菫の咎人は、もとはただの女の子だったのよ。ちょっとばかり、おかしな力を持っているだけのね。あの少女の意思に人々が応《こた》えて、同志が増え、心が繋《つな》がれ、最後にはここまで大きくなったのよ」

「そうですね」

「菫はね、雑草なのよ。一本でも苗が残っていれば、また野原を菫が覆ってしまうわ」

「……さすがは、館長代行候補、といったところでしょうか」

　楽園管理者が、悲しそうに言う。ハミュッツが、声にかすかな苛立《いらだ》ちを込めて言った。

「どうでもいいけどさ、あんた何時《いつ》まで善人を装ってんの？」

「……おや」

　楽園管理者が、わずかにひるむ。

「フォトナさんは上手いこと騙《だま》せてるみたいだけどさあ、わたしはそう簡単じゃないわよ。あんた、ほんとはいろいろ隠しているでしょ」

「なぜ、判《わか》りましたか？」

「まあ、女の勘《かん》と言っておくわねえ」

そう言って、ハミュッツは笑う。動揺したのか、楽園管理者の姿が一瞬ぶれて消えかけた。

「あんた、武装司書に反乱を起こすつもりでしょう。あのベンド＝ルガーは、武装司書に対抗するために、あんたが生みだした兵器。そんなとこじゃない？」

「…………」

「表向きは無能を装い、その裏で武装司書に反逆する計画をこっそり練っている。なかなかあんたも、やるじゃない」

楽園管理者はしばしの間、絶句していた。

「………いや、困った。これは、本当に参りましたよ。お嬢さん」

楽園管理者は、必死に平静を装っている。いまさら装ったところで、どうにかなるものではないとハミュッツは思うのだが。

「おっしゃるとおり、私は武装司書への反逆を企てています。フォトナを騙しきって、安心していたところですが、いや、これは………参った」

「それでさ、武装司書に勝つ算段はできてるの？」

ハミュッツが尋ねる。楽園管理者は、雲行きが変わってきているのを感じているだろう。ハミュッツは、楽園管理者を殺すそぶりを見せていない。

「いいえ、とんでもない。まったく不可能です。今の我々では武装司書には勝ち目がない。我らが主力にするつもりだったベンド＝ルガーがあれでは」

なるほど。ここに、ハミュッツたちを呼んだのは、ベンド＝ルガーの性能を確認するためでもあるのか。反逆者を殲滅《せんめつ》し、同時にベンド＝ルガーの力を測る。一石二鳥の良い考えだ。

「もしや、ハミュッツさんは、我々に味方するつもりでしょうか」

ハミュッツは首を横に振る。

「それも良いけどね、それよりも、あんたらと戦うほうが楽しそうだわ」

「楽しいから……ですか。あなたが戦うのは」

「そうよ。それ以外にないわ」

「恐ろしい方だ」

と楽園管理者が笑う。

「それで、どれぐらい待てば、武装司書に勝てそうなの？」

「そうですね……準備に、あと十年ほど必要でしょう」

「十年はちょっと長いわねえ。まあ良いわ。それまで待ちましょうかね」

「その頃には、武装司書の力も今より低下しているでしょう。フォトナが館長代行を退くでしょうし、イレイアも引退しているでしょう。

それに、あなたが館長代行になるなら、我々にとってもやりやすい」

ハミュッツは心外だった。

「わたしはフォトナより強いわよ。今でもたぶん互角《ごかく》だし、わたしはまだ強くなるわよう」

「ですが、あなたのほうが組みやすい」

今度は逆に、ハミュッツのほうが動揺した。

「どうしてよう」

「あなた、遊ぶ癖《くせ》があるでしょう。フォトナは戦いを遊びと思っていませんから」

「……………」

「本当に恐ろしい敵は、ここで私を見逃したりはしませんよ」

「なるほど………そうね、本当だわ」

そう言って、ハミュッツは笑い出した。楽園管理者も笑い出した。

もしもこの時、ハミュッツが楽園管理者を殺していれば、後《のち》の悲劇は、全てなかった。肉にされて死んでゆく人々も、戦いで命を落とす武装司書もいなかった。悲劇の元凶は、楽園管理者と、この時のハミュッツにあった。

しばらくたって、フォトナが仕事を終えてきた。笑いあう二人を見て、フォトナが言った。

「仲が良いことは、悪くない。武装司書と神溺教団の平和は、世界の平和を意味するからな」

ハミュッツと楽園管理者は、教師をだしぬいた悪餓鬼《わるがき》のように目配《めくば》せを交《か》わす。

「まあ、そうねえ」

「まったくそのとおりだ」

あるいは、実際に二人は子供なのかもしれない。片方は強大な戦闘力を、もう片方は智謀《ちぼう》と野心と権力を持った、二人の残虐《ざんぎゃく》な子供。少なくともハミュッツは、自分と楽園管理者の関係を、そういうものだと思っている。

実に、くだらない二人である。

だが、悲劇と惨劇《さんげき》は多くの場合、くだらない理由で始まるのだ。


事件はこれだけで終わったものだと、ハミュッツは思っていた。

だが、ベンド＝ルガーとハミュッツ＝メセタの因縁《いんねん》はこの時に始まっていた。

反逆者たちの砦があった場所に、ムーグント鉱山から運び出した魂抱玄岩《こんほうげんがん》を埋めた。魂《たましい》は、この黒く柔らかい岩に引き寄せられ、土の中で『本』となっていく。掘り出された『本』を全て処分して、菫の咎人にようやく「真なる死」が与えられる。

フォトナはすでに、バントーラ図書館に帰還《きかん》している。一月ほどの間、ハミュッツが砦に残っていた。楽園管理者が部下たちに、『本』を掘り出させている。ハミュッツは彼らを監視している。

作業を指揮する楽園管理者を見ながら、ハミュッツは暇《ひま》をもてあましていた。暇のついでに、話しかけてみる。

「ねえ、ラスコール＝オセロは大丈夫なのよね。あいつが『本』を掘り出して、別の誰かに渡すことはないのよね」

「ああ。あの石剣は、封印《ふういん》しました。彼については安心してかまいません」

ラスコール＝オセロ。過ぎ去りし石剣ヨルの持ち主は、全員がその名前になる。

ラスコールは本質的には神溺教団の手下でも、武装司書の手下でもない。一時的にラスコールを封印したのは、余計な行動をされないためだ。彼に『本』を運ばれては困る。

「それなら良いわ」

ハミュッツは、そう言って彼のもとを離れた。

楽園管理者の部下たちが、『本』を掘り出していく。擬人たちや、ベンド＝ルガーたちの『本』は、掘り出したその場で、土木工事用の粉砕機《ふんさいき》の中に放り込まれていく。粉々《こなごな》に砕かれた『本』からは、もう何の情報も読み取れなくなる。

「…………」

『本』を守ることが武装司書の任務だ。ハミュッツもその端くれである。『本』が粉砕されていく姿には、多少哀《あわ》れなものを感じる。

彼らの生きた証《あかし》。愛し、憎《にく》み、懸命に生きた記録の全てが、消えていく。この世に存在したという事実を消されるのは、死以上の悲劇だろう。

だがそれが真なる死の裁きだ。

ハミュッツは、何の気なしに、『本』の一冊を手に取る。

「ちょっと見せてね」

『本』の主《あるじ》は、鉛の人形ベンド＝ルガーの、一人だった。

鉛の人形ベンド＝ルガー。その体はもとより、脳の一部すら鉛に変わっている。魔術で動く自動人形とするための動力回路を脳に埋め込まれていた。もはや、改造した人間というよりは、人間を部品に使った人形と形容したほうが良いだろう。

こんなものも、『本』になるのかとハミュッツは『本』を読んで驚いた。

原料になったのは、世界中から集められた屈強《くつきょう》な男たちだ。彼らの来歴はさまざまだ。肉もいれば、擬人もいて、関係のない者もいる。犯罪者もいれば、善人もいる。だが、それらの来歴とは全て無関係に、彼らは記憶を奪われ、名前を消され、肉体を改造された。

誰もが同じ人格で、同じ姿の、ベンド＝ルガーとなっていく。

「彼らは、全員が一つの思考回路を共有しています。思考共有能力の応用技術を用いました」

彼らを生んだ魔術師が、楽園管理者に説明する。

「この中の一人が知ったことは、全員が同時に知ります。この中の一人に命令すれば、全員に同時に命令が行き渡ります」

「なかなか便利そうだな」

と、楽園管理者は感想を言う。ベンド＝ルガーたちは、楽園管理者をじっと見ている。便利と言われたことが、わずかに嬉《うれ》しく、同時にわずかに悲しかった。

人から生み出された人形には、かすかに人間の心が残っていた。

人形たちは、一つの苦しみを共有していた。そのことには、生み出した魔術師も気づいていない。

例《たと》えばある春の日だった。

一糸乱れない動作で彼らは銃の訓練を受けている。一列に並び、同じ銃を構え、同時に銃を撃つ。その中で、一匹の蝶《ちょう》が彼らの前を飛ぶ。銃弾の一発が、蝶を打ち抜く。

「…………」

ベンド＝ルガーたちは一様《いちよう》に、動作を止めた。蝶の動きの華麗《かれい》さと、それがなくなった悲しさと、撃ち殺してしまった後悔が、心をよぎる。

その心の動きに、気がつく者はいない。

「撃て！」

彼らも、思うのだ。美しいものを美しいと思い、生きるものの死を悲しいと思うのだ。しかし、誰もそれをわからない。彼らは言葉を話せず、表情も表せない。心を外に伝える術《すべ》が、彼らにはない。

誰かがこの気持ちを理解してくれれば、ベンド＝ルガーたちは嬉しいだろう。あるいは、感情など捨てろと言われれば、まだ救いはあるだろう。

誰もそれを知らない。無視されるということが、何よりも苦しい。彼らは人形だ。だが、心を持った人形なのだ。

それを、誰も知ってはくれない。

彼らは、反逆者たちに連れ出され、戦うことになる。戦いはベンド＝ルガーに与えられた機能であり、彼らはそれに従事する。

初めは、何の感情も持ってはいなかった。命令されるから、戦う。それだけだった。

ある日のこと、その感情が変化した。一人のベンド＝ルガーが、一人の少女を見つけた。こんな子供も、戦いに駆り出されているのかと、ベンド＝ルガーは驚いた。

少女は、地面を眺めていた。長い間、飽きることなく眺めていた。

視線の先にあるのは、一輪の菫の花だった。

きれいだな、とベンド＝ルガーは思った。

「きれいだよね」

少女は言った。少女にとっては、何気ない一言だろう。ただ感想を述べただけの、言った端から忘れてしまうような言葉だ。だがその一言で、ベンド＝ルガーたちの心は満たされた。少女は、知っているのだ。ベンド＝ルガーにも心があることを。

ベンド＝ルガーたちにとって、知っていてもらうことは悲願だった。ごく普通の人にとっては、なんということもないその一言が、ベンド＝ルガーたちにとっては、何よりも重い言葉なのだ。ベンド＝ルガーたちは少女らを守るために、命を投げ出すことを決意する。


しかし、その意志は空《むな》しい。フォトナとハミュッツが、砦を訪れる。その先の結末は、見る必要はない。ハミュッツは『本』を手から離した。

「つまんない」

そう言って、ハミュッツは暇つぶしをやめた。

全ての『本』が掘り出され、砕かれて消えた後、ハミュッツは砦を立ち去る。

バントーラに帰る前にフルベックに立ち寄り、映画を二本と歌劇を一本見た。その後は歓楽街で出店を冷やかし、音楽が売りの酒場で一杯飲んだ。そちらのほうがあの虐殺より、よほど楽しかったし刺激的だった。

音楽を聴きながら、実につまらない仕事だったと、ハミュッツは振り返った。それだけで、ベンド＝ルガーの名前は、頭の中から消え去った。


それからしばし後《のち》。

ハミュッツはフォトナに呼ばれた。館長代行の執務室の椅子にフォトナが座り、いつも以上の渋い顔で、机の書類を眺《なが》めていた。

「どうかしました？」

ハミュッツが軽い口調で聞く。

「………クラー自治区の内戦地帯から、困った報告があった」

「なんでしょうかね」

「怪物が、出たらしい。鉛でできた人形が、動いているという」

地図上の×印は、あの砦からわずか三百キロほどの場所だった。

「おまえ自身が、言っていたことだな。菫は雑草。一本でも生き残っていれば、また草むらを覆ってしまうと」

「そうですね」

「教団の存在は、一般には秘密だ。そして、神溺教団の真実は、一般の武装司書にも、神溺教団の下部構成員にも秘密のこと。

秘密が漏《も》れる前に、殺しに行け。一刻も早くだ」


ハミュッツは、内戦地区へと飛んだ。内戦の理由も、経過も、今のハミュッツには関係がない。実につまらない理由で始まり、つまらない経緯《いきさつ》を経《へ》た内戦というだけの話だ。

部隊からはぐれたのか、一人歩いている兵士に話しかける。三級武装司書ハミュッツ＝メセタだと名乗ると、兵士は顔を輝かせた。

「武装司書……やっと、現代管理代行者の調停が入ったのか」

長い戦いに疲れ果てた兵士は、終戦の可能性に、期待をふくらませている。ハミュッツがそれを否定すると、兵士は項垂《うなだ》れた。

ここでも、つまらない戦いが起きているのね、とハミュッツは思った。心に燃えるもののない戦いほど、つまらないものはこの世にない。戦いを愛するハミュッツだが、全ての戦いが好きというわけではないのだ。

それにしても、ベンド＝ルガーだ。一体何が目的なのだろう。菫の咎人の物語は、完全に終わったはずだ。目的がわからないだけに、不気味だった。

「ねえ、この辺《あた》りに怪物が出るという噂《うわさ》を聞いたのだけれども」

「ああ、出るよ。でもそれがどうしたんだ。俺たちの敵はいくらでも他にいるんだ」

戦場にいる者には、それどころではないようだ。

表向きには別の情報を流している。戦場に出没《しゅつぼつ》する怪物は、とある古代の魔術師が生んだ、命のなき人形。誰かが誤って起動の条件を満たしてしまい、動き出した。そういうことにしている。

ハミュッツは怪物を探す。戦場は広い。触覚糸ですら覆いきれない。別の兵士に話を聞く。

「……あれは、恐ろしい怪物だよ」

と、一人の兵士が言った。

「倒しに来てくれて助かった。武装司書ってのもまんざら捨てたもんでもないんだな」

「それで、どこにいるの？　そいつは」

ハミュッツが聞く。出没するという場所を教えてもらった。本来、聞くことはそれだけで十分なのだが、ハミュッツはさらに尋ねた。

「その怪物は、ここで何をしているの？」

「……ここで、子供が行方《ゆくえ》不明になっているという話を、聞いたことがあるか」

「いいえ」

「あの鉛の人形が、さらっているらしい。攫《さら》われた子供は帰ってこない。子供たちがどうなったのか、判《わか》らない」

「なるほど、ありがとう。行ってくるわ」

兵士の話で、見当がついた。ベンド＝ルガーは戦おうとしているのだ。手下を集め、けなげにもハミュッツたちとの戦いを続けようとしているのだ。反逆者たちの誰かが、戦い続けることを命じたのだろう。自らの機能を、今も果たそうとしているのだ。

一人ではハミュッツに勝てない。仲間が要《い》る。ただの人形とはいえ、その程度の知恵はあるのだろう。前の戦い以上に、無駄なことだが。

ハミュッツは一人の少年を見つけ、話しかける。

「ねえ、この辺りに、鉛の怪物はいない？」

「いる。ここから二日ぐらい行ったところ」

「あなた、もしかして会ったの？」

少年は頷く。

「ぼくを捕えて、何かを伝えようとしていた。何を伝えたかったのか、判らない」

「どういうこと？」

「………字が読めないんだ」

「そう。ごめんね」

ハミュッツは、少年と別れて歩き続ける。菫の咎人の遺志を継ぎ、戦おうと思ったところで、無理な話だ。ともに戦ってくれる仲間など、いるはずもない。

仲間を必死に探すベンド＝ルガーの姿を想像し、少しばかり哀れさといとおしさを覚えた。

やがて、触覚糸の先端に、鉛の肉体が触れた。ハミュッツは近づく。ゆっくりと歩いて近づくが、ベンド＝ルガーは動かない。ハミュッツの接近に、気づいていない。

彼の周りには、誰もいない。ただ、ベンド＝ルガーは立ちすくんでいる。何かを思っているのだろうか。たった一人のベンド＝ルガーになった孤独を、噛《か》み締めているのだろうか。戦おうと思っても、その術《すべ》がない自分に、憤《いきどお》っているのだろうか。

「可哀相《かわいそう》ね。たった一人のベンド＝ルガー」

投石器の射程距離に、鉛の肉体を捕らえた。ハミュッツは、投石器を廻《まわ》し、礫弾を飛ばす。礫弾がベンド＝ルガーの胸を貫通する。重い体が、数メートルも吹き飛んで、地に落ちる。

それっきり、動かなくなった。全く造作《ぞうさ》もない作業だった。

今度こそ、終わった。ハミュッツはそう思い、立ち去った。


その十年後。

ベンド＝ルガーの名前など、ハミュッツの中からも消えかけた頃。彼女はベンド＝ルガーと再会した。

傾きかけた白煙号の中を、ハミュッツは歩く。楽しみに待っていた、神溺教団との戦いの始まりだ。ハミュッツは、浮き立つ胸をひた隠しにしていた。

肉たちを救助する船を待つ間、白煙号の中を歩き回る。

その途中、ぶらりと立ち寄った部屋の中。かすれたインクの落書きが、ハミュッツの視界に入った。

『ベンド＝ルガーは生きている。オリビア＝リットレットの中に』

一瞬、書いてあることの意味に気がつかず、落書きを見逃しかけた。通り過ぎようとした刹《せつ》那《な》、ベンド＝ルガーの名前に気がついた。

予想もしていなかったその名前。ハミュッツの体を、驚愕が走り抜けた。

「………うそ」

ベンド＝ルガーは生きている。その意味が、しばしの間理解できなかった。

たしかにあの日、ベンド＝ルガーは死んだ。それは間違いない。ならば、別のベンド＝ルガーがいたのか。それもハミュッツは否定する。ベンド＝ルガーは確かに全滅させた。

考えられることは唯《ただ》一つ。あのベンド＝ルガーに出会い、何かを受け継いだ者がいる。ベンド＝ルガーが死んでも、その戦いを受け継いでいる者がいる。

ベンド＝ルガーは死んでも、その意思は未《いま》だ生きている。

それに思い至《いた》った時。今まで感じたことがない感情が、ハミュッツの脳《のう》髄《ずい》で、小さく火花を散らした。

「………」

数十秒の間、ハミュッツは呆《ぼう》然《ぜん》としていた。ヴォルケンが話しかけてこなければ、それよりも長かっただろう。

「あら、ヴォルケン」

ハミュッツはヴォルケンの視線に、自分を取り戻す。

「何してるのかなあ、働かなきゃ駄目よう」

我ながら、無様《ぶざま》な取り繕《つくろ》いをしたものだ。そう思いながらハミュッツは、ヴォルケンの横を通り抜けた。

ポケットの中には幸いにも、あるいは不幸にも、小さな起爆装置が入っている。ハミュッツはそれを取り出しながら、船底の、爆薬が詰まれた部屋と歩いていった。


「何でだ、何でだよ！」

ヴォルケンが泣いている。沈んでいく船を眺めながら、ハミュッツは思った。

冷静に考えれば、ここまでする必要はなかったかもしれない。いや、なかっただろう。オリビア＝リットレットなる女が何者なのかを知らない。ハミュッツの脅威《きょうい》になるのかもわからない。いや、脅威になる可能性は限りなく低いだろう。

だが、ハミュッツは殺した。殺さずにはいられなかったのだ。

ヴォルケンを追う飛行機の中で、ハミュッツは考える。

なぜ、自分は船を沈めたのか。あの時、自分から冷静さを奪ったものは何か。

「……ふふ」

ハミュッツは笑った。

十年間、ハミュッツはベンド＝ルガーを殺し続けてきた。

最初は反逆者を殺す砦で。次に、ベンド＝ルガーのさまよう戦場で。そして、白煙号で見つけた、彼の意思を継ぐ者も、ハミュッツは殺そうとした。

それでも、ベンド＝ルガーは生きている。

前を飛ぶ、オリビア＝リットレットの心の中で、今なお生き続けている。

「ベンド＝ルガー」

ハミュッツは、前を飛ぶ飛行機に呼びかける。オリビアの心の中で生き続ける、ベンド＝ルガーに呼びかける。

「すごいわ、ベンド＝ルガー。あなたはわたしを恐怖させた」


ハミュッツが感じている恐怖は、他のものには理解しづらいだろう。

彼女は間違いなく、世界で最も強い。モッカニアが消えた今、この世にハミュッツと並ぶ者はいない。世界中のどこを探しても、ハミュッツが恐怖するべき相手はいない。

だが、いや、だからこそ、ハミュッツはベンド＝ルガーに恐怖する。最強の力を持ってしても、殺せない相手。それは、殺してもなお、生き続ける敵だ。

投石器が届かない領域にいる、ベンド＝ルガーだ。

シガルに追いつめられた時も、モッカニアに沈められかけた時も、ハミュッツは恐怖など感じなかった。なぜなら相手は、自らの力が通用する相手だからだ。投石器を当てれば、彼らは殺せるからだ。だが、殺しても殺せない敵には、どうやっても勝てない。

なぜ殺せないのかわからない。人はわからないものに恐怖する。

奇妙といえば奇妙な話だ。シガルやモッカニアより、ベンド＝ルガーは遙《はる》かに弱い。オリビアに至っては、何の力も持っていない。しかしハミュッツは恐怖を感じている。

ハミュッツ以外の、誰にも理解できない恐怖だろう。

「……ふふふ」

ハミュッツの口から、笑い声が漏れた。

なんと、素晴らしいことなのだ。この世には、自分を恐怖させるものが、存在している。

ぞくり、ぞくり、と体が震える。それはマゾヒスティックな官能《かんのう》にも似ていた。

オリビアを殺したい。それと同時に、もっと恐怖を味わわせて欲しい。いつものように、相反する二つの感情が、ハミュッツの胸に満ちる。

胸が高鳴る。初めてのキスを予感した、デート前日の少女のように。

ハミュッツは呼びかける。

「オリビア＝リットレット。あなたは一体、何者なの？」

飛行機の飛ぶ先に、未知なる何かが待っている。飛行機は雲を切り裂きながら、飛び続ける。

第四章 追想の魔女

ヴォルケンとオリビアが、バントーラを発《た》ってから、おおよそ二十時間が過ぎた。ハミュッツは追い、ヴォルケンは逃げる。その関係は未《いま》だ変わってはいない。あの後、ミレポックからの連絡はなく、ヴォルケンには、現在の状況がわからない。ハミュッツはどこを飛んでいるのだろう。そして、ヴォルケンに追いついてくるのだろうか。

オリビアにも動きはない。じっと後部座席で座っている。目線は足元に向いたまま、黙り込んでいた。失った記憶を、取り戻そうとしているのだろう。

「記憶は戻りそうですか？」

聞かなくても良いことをヴォルケンは聞く。戻ったのなら言うだろう。言わないのなら戻っていない。

「………話せ」

「え？」

「何でも良いから話せ。あたしに関することなら何でも良い」

「思い出すことに集中したほうが良いのでは？」

「違う。馬鹿《ばか》。きっかけが要るんだ。あんたに名前を言われたとき、記憶が戻りかけた。エンリケのくそったれに呼びかけられたときも戻りかけた。記憶を呼び起こすためのきっかけが欲しいんだよ」

ヴォルケンは、考える。彼女について知っていることは多くない。

「あなたは、自転人形ユックユックを使い、肉たちに命令して魔術審議を行っていました」

オリビアはじっと考える。首を横に振り、頭を掻《か》きむしる。

「駄目だ……何にも思い出せねえ」

きっかけがあれば、思い出せる。それはおそらく間違いはない。だが、ヴォルケンの話だけではきっかけにならないのだろう。

オリビアの記憶がなければ、ヴォルケンの計略は全《すべ》て瓦解《がかい》する。記憶を取り戻してくれることを、祈るしかなかった。

その頃ハミュッツは、飛行機の座席から嫌な振動が伝わってくるのを感じていた。調子が良くない。もともと、酷使《こくし》を重ねてきた機体だ。しかも今日の朝から、ずっと最高速度で飛んでいるのだ。

飛行速度を落とせば問題はなさそうだが、ヴォルケンに追いつけなくなる。

「……ち、」

とハミュッツは舌《した》を打ち鳴らす。

オリビアのことも気にかかるが、ヴォルケンのことも問題だ。

戦えば間違いなく勝てる相手だ。しかし、問題は別にある。秘密を守れるかという問題だ。

ヴォルケンは、どこまで知っているのだろう。

ラスコール＝オセロのことを知っているだろうか。

神溺《しんでき》教団の正体は。武装司書と神溺教団の関係は。

もしも、これらの事実が武装司書たちに知れ渡ったら、武装司書の組織は崩壊《ほうかい》する。

とりわけ心配なのはミレポックだ。彼女が真実を知り、武装司書全体に真実を伝えたら、ハミュッツは終わりだ。それに、武装司書も終わりだ。

「……むう」

ミレポックとヴォルケンは仲が良かった。ミレポックが、変な気を起こす可能性もある。

思っていた以上に、現状は窮地《きゅうち》なのかもしれない。

(代行)

その時、ミレポックから思考共有が送られてきた。何かが起きた、とハミュッツは直感した。

オリビアは、口の中で何かを呟《つぶや》きながら考え続けている。ヴォルケンは黙って操縦を続けている。その時、思考が送られてきた。ミレポックだ。

(ヴォルケン。知らせることが二つあるわ)

「何かあったか？」

オリビアが聞いてくる。少し静かにするように、オリビアに伝える。思考共有に集中する。

（どうした。朗報か、凶報か、どっちだ）

（どちらかしら。今、どこにいる？）

（もうすぐクラー自治区を抜ける。目的地までは、あと二時間ほどだ）

（なら朗報ね。代行はまだ海の上よ）

（まだそんなところなのか！）

正直、驚いた。バントーラの一番速い飛行機なら、すでに追いつかれていてもおかしくはないのに。

（エンジンにトラブルがあったと言ってるわ）

（なら、この先加速することもないな）

（そうね）

（もう一つの知らせは？）

（これは、あなたにとっては朗報ね。武装司書同士で、非公式に話し合いが開かれたわ。今回の事件をどう判断するか）

（それで？）

（もちろん公式の判断ではないけど、全体的にはみんなはあなたを支持しているわ）

（……本当か？）

にわかには信じられない。図書館から逃げ出した以上、モッカニアと同じ罪人扱《あつか》いを受けることは、覚悟していたのだが。

(私も驚いたけど、マットアラストさんがあなたの支持に回ったの)

(……マットアラストさんが？　あの人はハミュッツに一番近いはずじゃ)

(たくさんのことは喋《しゃべ》らなかったけど……俺にしか解らないこともあると言っていたわ)

(そうか………ありがとうと伝えておいてくれ)

(だめよ。表向きは私とあなたは、接触してないことになってるの)

(そうだったな。ありがとう)

ミレポックが何事かを考えている。

(ヴォルケン。あなたの目的はなんなの？　そろそろ話してもいい頃じゃないの？)

後ろに座るオリビアを見る。彼女の記憶は、まだ完全には戻ってはいない。ハミュッツが船を沈めた理由も、まだわかっていない。

(まだ言えない。すまんな)

(………そう)

そう言うと、ミレポックは急に思考共有を切った。

「笑ってるけど、なんか良いことあった？」

オリビアが尋《たず》ねてきた。振り返ったヴォルケンの表情は明るい。

「ああ。ハミュッツから逃げ切れたようです。これで、障害は全てクリアできた」

「……ふうん」

オリビアはそっけなく言う。

「本当かね。あのバケモノが、そう簡単に逃がしてくれるかね」

「状況は俺たちに味方しています。考えていた以上に、俺たちは孤独じゃなかった」

オリビアはまだ納得していない。彼女は、用心深いのだ。

「まだ気は抜けないよ」

「当然です」

ヴォルケンは頷《うなず》いた。だが、背中から伝わってくるハミュッツの重圧は、もう感じない。

オリビアは納得できない。あのハミュッツが、それほど簡単に逃がしてくれるだろうか。いや、考えてもしょうがない。自分にできることは、記憶を取り戻すことだけだ。

ふと、顔を上げて飛空艇《ていい》の風防から下を見る。薄茶色の枯れ草と、灰色の土に覆《おお》われた、丘《きゅう》陵《りょう》地帯が広がっていた。

ここはどこだろうかと、オリビアは考える。世界地図はオリビアの頭に入っていない。肉にされたときに奪われたのか、それとももともと知らないのか。

「ここ、どこだ？」

「……クラー自治区です」

それを聞いたとき、ふいに頭の中から言葉が漏《も》れてきた。

「戦争は終わったのか?」

「え?」

なぜ、そんな言葉が出てきたのかわからなかった。かつてここで戦争が行われていたことを、どうして知っているのだろう。ヴォルケンが答える。

「内戦は終わりました。独立軍が勝って、今は休戦中ですが、それが何か」

オリビアは思い出した。自分は、ここにいた。この殺風景《さっぷうけい》な丘陵がオリビアの故郷だ。

その時、ふいに、一人の男の姿が目に浮かんだ。小さなオリビアにとっては、見上げるような大男。カーキ色の、古びた服を着た男。服の穴の下から、つばの広い帽子の下から、鉛色《なまりいろ》の肌《はだ》が見えていた。

「………ベンド=ルガー」

オリビアは思い出す。この地で、自分はベンド=ルガーに出会ったのだ。

「ヴォルケン! 降ろせ! 降ろしてくれ!」

オリビアはヴォルケンの肩を掴《つか》んだ。機体が揺れる。

「どうしました!」

「あたしはここにいたんだ。ベンド=ルガーと会ったのもここなんだ! 降ろしてくれ! 記憶が戻りそうなんだよ!」

ヴォルケンが戸惑《とまど》い、悩む。ハミュッツに追いつかれる危険と、オリビアの頼みを秤《はかり》にかけているのだろう。

「……追いつかれる可能性は少ないとはいえ、ハミュッツはまだ脅威《きょうい》です」

「頼む。今じゃなきゃ思い出せない」

「……十五分だけです。それ以上は待てません」

そう言って、機体を降下させる。丘の間を流れる川に、多少無理をしながら着水させた。


オリビアは、飛空艇から降りる。ヴォルケンは後ろからついていく。

「どうですか？　戻りそうですか」

オリビアは答えない。埃《ほこり》っぽい、乾いた風が髪を揺らす。歩き出すと、踏みしめた土がざり、と音を立てる。

懐《なつ》かしさが心を満たす。それだけのことで、記憶が蘇《よみがえ》った。肉になる前の、幼い日々の記憶だった。


オリビアが生まれた場所は、戦場だった。

生まれたときには違ったらしいが、オリビアは戦場以外の故郷を知らない。銃弾と人の死体をおもちゃに、オリビアは育った。

食べる物は、時たま戦いに疲れた兵士が恵んでくれた。やがて、兵士の死体や戦車の残骸《ざんがい》から盗んだものを、交換することを覚えた。やがて、直接食べ物を盗むことを覚えた。

日々、目の前で消えていく人の命。兵士の命は、国家に消費され、人々の命は、無為《むい》に消えていく。それが当たり前のことで、オリビアは何も感じない。考えるのは、ただ日々を食いつなぐこと。自分が、衣服を着た動物と、変わりないことをオリビアは知っていた。

そんなオリビアにも、仲間はいる。同じ境遇で暮らす子供たちだ。

「妙な連中がいる」

オリビアは、ある子供から、そんな話を聞かされた。

仲間とはいえ、心のつながりはない。助け合うこともない。隙《すき》があれば、殺して奪う。隙を見せれば殺されて奪われる。そんな間柄《あいだがら》だった。

「人攫《さら》いだ。俺たちみたいなガキを攫っているらしい」

「どんな奴《やつ》?」

「わからない。独立軍にも、公国軍にも属していないらしい。両方の軍に紛《まぎ》れ込んで、隠れて子供を攫っている」

彼らについては、いろいろな噂《うわさ》話を聞いた。捕まれば、二度と帰ってこないらしい。彼らに捕まると、記憶を奪われる水を飲まされるらしい。

後《のち》に知ることだが、彼らは神溺教団の擬人《ぎじん》たちだった。戦場のどさくさに紛れ、肉にするための子供たちを捕まえていたのだ。

しばらくたって、オリビアはその人攫いに出会った。

言われたとおりの連中だった。両軍の軍服が混在した集団だった。オリビアは抵抗しなかった。抵抗すれば、敵の持っている銃で蜂《はち》の巣にされる。攫われたほうがまだましだ。

人攫いは、オリビアの体を捕らえ、コップの水を口に当てた。

「………怖くないからな、この水を飲めば何もしない」

抵抗しても無駄だ。オリビアは、口を開ける。飲もうとしたその時、コップが口から離された。人攫いの一人が叫んだ。

「………奴だ！」

一人の男が歩いて来るのを見た。カーキ色の、ぼろのような服を着て、つばの広い帽子を被《かぶ》った男だった。

人攫いたちが銃を向け、制止の言葉もなしに撃った。銃弾は、彼の体にあたり、鈍《にぶ》い音を立てて弾《はじ》かれた。男が動いた。

男は、人攫《ひと》いたちを殴り倒していく。あまり速くはない。格好《かっこう》良くもない。オリビアの目から見ても、酷く不器用な戦い方だった。

帽子の下から顔が見えた。最初それを、仮面だと思った。銃弾と同じ、鉛でできていたからだ。帽子の男は、オリビアを見る。鉛の瞳《ひとみ》が動いていた。仮面ではないのだ。

オリビアは、別の噂を思い出した。人攫いたちと戦う奇妙な男がいると。名前も、正体も誰も知らない。人間かどうかもわからない、鉛でできた戦士がいると。

ベンド＝ルガー。その名前を知るのは、出会ってからかなりあとのことだった。

「……ベンド＝ルガー」

オリビアは目を開け、周囲を見渡す。懐かしい戦場はもうない。戦場でなくなったこの地には、オリビアたちのほか、誰もいない。

取り戻せた記憶は、そこまでだった。

オリビアは、その後、ベンド＝ルガーから何かを受け取った。それを取り戻すための戦いだった。一体、自分は何を受け取ったのだろう。

「どうですか？」

「肉になる前のことを、思い出せそうだ」

ヴォルケンが、ハミュッツが来るはずの方向を見ながら言う。

「勝手を言うようですが、できれば肉だったときのことを思い出して欲しい」

「そうだな。努力するよ」

そう言って、またオリビアは目を閉じる。

ベンド＝ルガーの姿を思い出した。だが、取り戻したいのは姿の記憶だけではない。ベンド＝ルガーから渡された、最も大事なことを取り戻すのだ。

姿を思い出したことが、きっかけになったのだろうか。白煙号《はくえん》にいた頃の記憶も、思い出せるようになっていた。

最初に取り戻したのは、魔術審議の記憶だった。

使われていない、物置の一室。樽《たる》や壺《つぼ》、鞭《むち》が無造作《むぞうさ》に置かれ、埃の被った部屋の記憶だ。ここはオリビアが、最も多くの時間を過ごした場所だった。

「行くものは行かず、来るものは来ない。月は太陽。小鳥は魚。生者《せいじゃ》は骸《むくろ》。鋼鉄は朧《おぼろ》。すべての現《うつつ》は夢にして、幻想は全ての現なり」

十数人の肉たちが車座になり、その中心には自転人形ユックユックが座っている。肉たちが得た魔法権利は、肉たちのものにはならず、自転人形ユックユックに蓄えられる。

自転人形ユックユックは、鉄の台座に座る、少年とも少女ともつかない人形だ。大魔術の発動に十分なだけの魔法権利を得たとき、人形は動き出す。そして、持ち主であるオリビアが、発動を命じたとき、人形は回り始めるのだ。

肉たちは、魔術審議を続けている。オリビアはそっと目を開け、座る自転人形を見た。人形がうずうずと、体を揺らしている。踊るか、踊らないか迷っているかのように。

肉たちの何人かが、魔術審議を成功させているのだろう。自転人形が魔法権利を会得《えとく》しているようだ。今日は、良い。オリビアは心の中で笑う。

「万物《ばんぶつ》を虚偽《きょぎ》と定義して、これより、魔術審議を執《と》り行う」

もうすぐだ。この自転人形を発動させることこそが、オリビアの唯一《ゆいいつ》の目的。——を取り戻すという、途方もない大魔術を、実行する。

——を取り戻し、ベンド＝ルガーを取り戻す。

「！」

そのとき、肉たちの一人がびくんと跳《は》ねた。胡坐《あぐら》をかいたままで、腰が高く浮いた。そして、仰向《あおむ》けにのけぞって倒れる。海老《えび》のように体を反らせながら、激しく痙攣《けいれん》する。震える爪《つめ》が、木の床を掻きむしり、瞬《また》く間に指から血が噴《ふ》き出す。

くそ、良いところだったのに、とオリビアが顔を歪《ゆが》める。

「……あ」

肉たちが目を開け、魔術審議を止めてしまう。止まるな、グズども。オリビアは心の中で罵《ののし》る。

「………オリビア」

一人の肉が、虚《うつ》ろな声でオリビアを呼ぶ。オリビアは仕方なく立ち上がり、痙攣する肉のそばに腰を下ろす。

審議を成功させすぎたのだ。魔術審議は、世界の公理を歪める行為である。急激に世界の公理を歪めすぎると、自《みずか》ら作った歪みの中に取り込まれてしまう。正気を失ってしまうのだ。

「……ち」

とオリビアは舌を鳴らす。痙攣する肉の舌が、のどの奥を塞《ふさ》いでいる。これはもう駄目だ。

こういった事態を防ぐために、本来は魔法使いが一人、監督につく。審議が上手《うま》くいき過ぎている状態になったら、魔術審議をやめさせなければならない。

だが、今は監督がいない。魔術の素人《しろうと》であるオリビアには、監督は務まらない。

「………ったく、ころころよく死にやがる」

オリビアが呟く。

「魔術審議を続けろ。あと、誰か一人ついて来い。これを捨てに行く」

肉たちは、茫洋《ぼうよう》とした目でオリビアを見ている。誰も立ち上がらない。記憶と人格を奪われた肉たちに、自主性は無縁《むえん》の言葉だ。

「お前、来い」

オリビアは一人の肉の、膝《ひざ》の辺《あた》りを蹴《け》る。肉はのろのろと立ち上がる。


空は藍色《あいいろ》。東の空に、わずかな白い光が見える。何時《いつ》の間にか、朝が近くなっていた。管理者どもが起きだしてくる前に、片付けないと、面倒《めんどう》だ。

「力入れて押せよ」

まだかすかに動く肉の頭を、オリビアが持っている。脚《あし》をもう一人の肉が持っている。狭い階段を二人は上る。

「……………ぐ」

窒息死《ちっそくし》したのか、引きずる肉の動きが止まる。力が抜けた死体は、急激に重くなったような気がした。

その死に顔を見て、脚を持つ肉が、何かを思っている。悲しいのだろう。

オリビアが優しい指揮官ならば、

「悲しむな。こいつの分まで戦うんだ」

とでも、声をかけただろう。オリビアが厳《きび》しい指揮官ならば、

「忘れろ」

とでも言い放っただろう。だが、オリビアは何も言わない。

肉は指揮するものではなく、使役《しえき》するものだからだ。利用し、使い捨てるものだからだ。オリビアは指揮官ではない。利用者なのだ。

船の端にたどり着いた。朝の光にかすかに照らされ、海面に魚の影が見える。

「おお、いるな」

オリビアは呟いた。腰に力を入れて肉の死体を持ち上げ、海に投げ捨てる。海面がにわかに騒ぎ、かすかに赤いものが広がる。

船から捨てられる肉を目当てに、最近は鮫《さめ》が船の周りをうろつくようになっていた。安定供給される良質の食料に、鮫たちはぬくぬくと太っていた。

鮫が躍《おど》るのを眺《なが》めながら、オリビアはくく、と力なく笑った。肉を一人失ったことは、残念だ。だが、しょうがない。——は、犠牲《ぎせい》がなければ取り戻せないのだから。

「ヴォルケン、思い出せているぜ」

オリビアが言う。ヴォルケンが頷く。しかし、妙だ。過去の光景を思い出せているのに、目的が思い出せない。なぜだろうか。

そう思いながら、オリビアはまた目を閉じる。

魔術審議を行っていた頃から、三年ほど前のことだっただろうか。正確な時間など、わからはしない。自分の年齢もよくわかっていないのだから。

そのときのオリビアは、汚れきった肉の船室にはいなかった。甲板《かんぱん》の下とは別世界のような、擬人たちのいる船室にいた。清潔な風呂、栄養のある食事、それに柔らかいベッド。肉の船室にない全てがそこにはあった。

オリビアは、その全てを利用することが許されていた。

「……………ん、ふ」

オリビアが、ベッドから起き上がる。着乱れたビスチェを、半《なか》ば無意識に直す。事が済む前は、乱れているのが良い。事が済んだ後は、きちんと着ているのが良い。オリビアはそれを、経験で理解していた。少なくとも、この男にとってはそれが良いらしい。

他の男性については知らないので、一般的なことなのかはよくわからないが。

「シャーロット様」

ベッドの傍で、くつろぐ男に呼びかける。男の名を、呼び捨てにするべきときと、様をつけて呼ぶときの区別も、オリビアにはついている。激しい時間は呼び捨てで、穏《おだ》やかな時は様付けで。その区別を間違うことは、今のオリビアにはない。

「おはよう、オリビア」

さっきまでとは大違いの、優しい声でシャーロットは言う。

年は五十を過ぎた男だ。格別太っているわけではないが、年相応に腹は膨《ふく》れ、顔は皺《しわ》が寄っている。

彼は神溺教団最高の魔術師といわれている。

多くの魔術師たちが夢物語として語ってきた、空間使いの魔術を実現させた男。その力は、イレイアとかいう魔術師と双璧《そうへき》を成すという。しかし、その名声は世に伝わっていない。神溺教団に仕《つか》える身では、世の表舞台に出ることはできないのだ。名声を捨て、自らの研究の完成を目指したのだという。

たいした男なのだろうが、オリビアにとってはただの男だ。十五を越えた程度の、自分の体に溺《おぼ》れる中年男に過ぎない。

朝だった。だが、オリビアは寝たりない。昼過ぎまで、またベッドに潜っているつもりだった。服を着込みながら、シャーロットが言った。

「オリビア。愛しているか？」

オリビアは笑いながら答える。

「シャーロット様、だいすき」

愛していると言われるより、だいすきと言われるほうが、この男には好みらしい。本心のわけがない。欲しいものを手に入れるために、この中年男に尽くしているのだ。オリビアはそれにちらりと目を向ける。目的のものは、部屋の戸棚に、無造作に置かれている。

「そうだ。今日は、ひさしぶりに陸に降りる。何か欲しいものはあるか」

こみ上げる欲求を、オリビアは抑え込む。部屋の一室を指差し、あれが欲しいと言いかけてやめる。戸棚に置かれている、自転人形ユックユックが欲しいと。

大魔術師であるシャーロットの所有する、数ある財宝のうちの一つだ。貴重な追憶《ついおく》の戦器だが、シャーロットにとっては取るに足りない道具の一つに過ぎないらしい。使う予定もないという。

ねだれば、もらえるかもしれない。だが、まだ早い。

自転人形が目的で、オリビアはシャーロットに尽くしている。そのことは、シャーロットに気づかせてはいけない。本心から、シャーロットを愛していると錯覚《さっかく》させねばならない。

もっと深く溺れさせて、オリビアなしでは一日も生きられないようにする。自転人形ユックユックを手に入れるのはそのあとだ。

もう少し溺れさせれば、あとは簡単だ。男のほうで勝手に錯覚していく。

慎重に、心を配らなくてはならない。この薄汚い時間は、ベンド＝ルガーを取り戻すために、必要な過程だ。

記憶を取り戻したオリビアは思う。そうだな、そんなこともあったな。

なかなかに汚い真似《まね》をしたものだが、オリビアがしてきた中では、まだしも綺麗《きれい》なほうだろう。目的のためなら、純情な中年男の慕情など、百度でも裏切ってみせる。

汚い真似なら、他にいくらでもやった。かつてのオリビアは、神溺教団の連中よりも、はるかに外道《げどう》な女だった。

オリビアは、肉の身でありながら、肉の船室に寝泊まりすることはなくなっていた。無論、シャーロットの意思だ。扱いだけを考えれば、オリビアはすでに肉ではない。

その日のオリビアは、シャーロットの船室とは別の部屋にいた。

「……あたしの要求は、伝えたとおりだよ。どうするかね」

二人の人間が、向き合って座っている。片方はオリビア。すらりとした脚を薄手のドレスの裾《すそ》から覗《のぞ》かせて、かすかに笑っている。

もう片方は、船の管理人だ。真人《しんじん》たちと、神溺教団に仕える魔術師や科学者たちのために、肉を管理するのが彼の務めだ。

魔法は使えず、特殊な技能も持っていない。肉の管理もできないとわかれば、神溺教団は間違いなく彼を見捨てるだろう。見捨てられた先が肉の船室であることは、信徒の誰もがわかっている。

二人は見つめあっている。管理人は視線に怒りを込めてオリビアを睨《にら》み、オリビアは嘲《あざけ》りでそれを受け止める。

「何度も言うけれどね、要求はとっても簡単なことだよ」

オリビアは、人差し指を相手に向けていう。

「あたしのやってることに、手を出すなってだけだよ。何も見ない、何も知らない。それだけでいい。簡単なことじゃない？」

管理人は、ぎり、と歯を軋《きし》ませる。

「肉の分際《ぶんざい》で、要求か……肉の分際で」

「言葉を選びな、擬人」

拳《こぶし》で机を殴りつける。大きな音が響くが、オリビアには何の威嚇《いかく》にもなっていない。

「シャーロット様はあたしに同意してるんだよ。あとはあんたが、首を縦《たて》に振るだけだ」

「この雌《めす》犬が」

肉から雌犬になったたか。たいした出世だとオリビアは笑う。

「よく考えなよ。これが、あんたにとって一番良いんだよ。

あたしは、あんたの仕事の邪魔をしようってわけじゃないんだ。今までどおり、肉たちは実験に使っていい。変な薬を打とうが、殺そうが、どうしようが別にいい。

肉は使うものだろ？　あたしにも使わせて欲しいって話さ」

管理人は、歯噛《はが》みする。もう一押しだと、オリビアはその表情から読み取る。返答をためらわせているのは、肉の言いなりになる屈辱《くつじょく》だけだ。

「たしかに、あたしを殺すこともできるよ。でもそうなったらシャーロット様が怒るよ。それだけじゃない。教団の上の人にばれるかもしれないよ。あんたは肉の管理もできない無能って思われたらどうなる？」

「……………」

「あんたが黙っていてくれれば、何も起きない。だあれも損《そん》はしない」

「……」

「あんた、一人で損したいの？　天国っていうところに行きたいんじゃないの？」

最後の一押しが聞いた。管理人は、頷いた。

神溺教団が、私欲でまとまった組織であることに、オリビアはすでに気がついている。そういう組織にありがちな弊害《へいがい》。事なかれ主義というやつだ。

「あ、もう一つお願いがあるんだ」

「まだあるのか？」

「肉は自由に使い捨てていいけどさ、あたしだけは例外ってことでお願いできない？」

管理人は、しばし目を丸くしていた。そして、吐き捨てるように呟く。

「この、外道」

お互い様だろうよ、とオリビアは思った。

船の片隅《かたすみ》にある、廊下の行き止まり。そこで何人かの、擬人たちが話し合っている。オリビアは、物陰《ものかげ》に隠れてそれを聞いている。当然、話しているのはオリビアのことだ。

「いつまであの雌犬を野放しにしておくんだ」

「だれかが始末しないと」

「どうやって。シャーロットが目を光らせているぞ」

「あの色呆《いろぼ》けが。何もかもあいつのせいじゃないか。擬人に過ぎない分際で、教団をなんだと思っているんだ」

オリビアは知っている。もともとシャーロットには教団への忠誠心はない。外の世界ではできない人体実験をするために、教団に入信したのだ。擬人が目指しているらしい、天国という場所にも興味はないようだ。

「しかし、あの雌犬、何が目的なのだ?」

「知ったことか!」

オリビアは、立ち聞きをやめて逃げるように立ち去る。背後から一人の男が歩いてくる。

「あ、やっと来た」

と、オリビアは言った。事前に一人の肉に、来るように伝えていたのだ。

「あ、うう」

肉たちの中でも、壊れ方が酷い奴だ。言葉はかろうじて理解できるが、思考力は完全に破壊されている。だから命令に、簡単に従ってくれる。

オリビアに言われたとおり、船の底から爆薬を持って来ている。オリビアは、船の廊下を指差し、行け、と指示を出した。擬人たちの話し声が聞こえてくる。

「……なぜ、肉がこんなところに?」

「爆弾を持っているぞ!」

慌《あわ》てふためいている声が聞こえてくる。オリビアは一つ頷くと、物陰に歩いていく。

擬人たちが肉を取り押さえようとし、肉がそれに抵抗している。爆薬を両腕で抱え、かじりつくように守っている。

「やめろ」

オリビアの声に、擬人たちと肉が、動きを止める。

「こんなことしちゃだめだ。この人たちは、あたしを殺そうなんて、思ってないよ」

そう言いながら、爆弾を取り上げる。

「ごめんなさいね。肉どもは、忠誠心が強すぎて。ついついこんなことをしてしまうのよ」

「………」

擬人たちが、恐怖におののいている。

「もし、あたしが死んじゃったらどうなることかねえ」

擬人たちを一睨みする。そして爆弾を抱えていた肉を立たせ、船室へと連れ戻していく。神溺教団の上層部は、想像もしていないだろう。肉を飼育《しいく》する船が、肉の手で支配されていた。

目を開ける。

急にいろいろなことを思い出して、気分が悪くなった。オリビアは小さくえずく。ヴォルケンがそれを心配そうに見るが、オリビアは大丈夫だと手を振る。

ベンド＝ルガーから受け取ったものは何か。オリビアの目的は何か。まだ思い出せない。

「………しかし、あたしもたいしたもんだなあ」

　オリビアは、感想を漏らした。自分のしてきた悪行《あくぎょう》を思うと、そんな感想しか出てこなかった。

「なあ、ヴォルケン。あんた、あたしのこと、知ってるだろう」

「はい」

「ヴォルケンは、どう思う？　正義の味方君は」

　ヴォルケンは、正直に感想を言う。

「あなたは、悪党である。そう結論付けています」

　正直な男だとオリビアは思う。

「ハミュッツより先に、あたしを倒すなんてことは考えないのか？」

「考えました。だが適切な行動ではない」

「……………」

「理由は、二つあります。ハミュッツを討《う》つためにあなたが必要であること。大悪を討つために、時に小悪と手を組まなければならないこともあること。未熟な若輩者《じゃくはいもの》ですが、その程度の分別《ふんべつ》はあります」

「ふん」

「もう一つは、あなたの目的がまだわかっていないこと。悪党でも、時に正義のために行動を起こすことはあります。とはいえ、悪党であることに変わりはありませんが」

　オリビアは、小さく舌打ちをした。

「ま、そりゃそうだね。あたしは悪党だよ」

オリビアは思う。悪党だろうと、なんだろうと構わない。ベンド＝ルガーを取り戻せれば、他のことはどうでもいい。

「十五分が過ぎました。行きましょう」

二人は、飛空艇に乗りこむ。狭い川の中で飛空艇が加速する。空へと飛び立つ。

「……悪党、か」

オリビアは呟いた。たしかに、そうだろう。肉たちを死なせながら、自分は一度たりとも泣かなかった。オリビアが強いからではない。悲しいとも、泣きたいとも、思わなかった。

それで良い。目的のためなら、感情など要《い》らないのだ。


（……違うわ）

と、その時、頭の中で誰かの声がした。オリビアは辺りを見渡した。女の声だったから、当然ヴォルケンではない。思考共有というやつかと思ったが、心当たりはない。

誰に話しかけられたのかは、わかりきっている。

（何が違うって？）

オリビアは思考を返す。

（あなたは、一番大事なことに気がついていないと思うの。それに気がついてないから、目的も思い出せない）

（大事なことってなんだよ）

（自分自身と向き合えば、わかるはずよ）

（知った風な口を利《き》くじゃないか、レナス＝フルール）

レナスは、しばしの沈黙の後、答える。

（私は、あなたなのよ。あなたのことは良くわかるわ）

「……うざってえな」

オリビアが呟く。何かあったかとヴォルケンが振り向くが、なんでもないと手を振る。

（ヴォルケンさんの言うとおり、あなたは、たしかに悪人だと思うわ。

けれども、本質的な部分では悪ではないとも思う。戦うために殺さなければならなかった。

勝つために、裏切らなければならなかった。そうしなければ勝てない戦いの中に、あなたはいた）

（柄にもないことを言うじゃないか）

（戦うことは嫌いだわ。あなたのことも許せないと思う。

嫌いだけれども、理解はしているわ。あなたは、戦わなければならなかった）

うるさい、とオリビアは思う。

（黙っていろよ、レナス＝フルール。もう消えたんだ。この世に戻ってくるんじゃねえよ）

（もう少し、消えるまで猶予《ゆうよ》があるわ。もうじき、消えるでしょうけれども）

レナスは、オリビアの頭の中でそう答える。

(思い出して、オリビア。あなたは、心の底から冷酷《れいこく》な人間ではないわ。そのことを思い出して)

レナスの言葉とともに、また記憶が蘇った。

船の中。夜闇《よるやみ》の中に人を引きずる音を響かせて、また死体を捨てに来る。これで何人目だったか。たしか五人を超えたところで数えるのをやめた。

「何も、思わないのですか」

脚を持つ肉が、口を開いた。

「あなたのために、彼は死にました。そのことを、何も思わないのですか」

「……………よく喋るな」

肉の目は、他の連中のように濁《にご》ってはいなかった。彼も、ついこの前までは他の連中と同じ、死者の目をしていたはずなのに。

「最近、考える力を取り戻してきています。あなたに影響されているのかもしれない」

「……………そうかよ」

オリビアと肉は、協力して死体を海に投げ捨てる。

「僕が死んでも、あなたは何も感じないのでしょうね。いえ、いいんです。肉っていうのは、そういうものですから」

「そうだな。肉に感情はないからね」

「奇妙な人ですね。頭脳は働いているのに、感情だけがすっぽり抜け落ちている。それとも、もともとそういう人だったということなのか」

オリビアは、喋り続ける肉の頰《ほお》を張った。

「うるせえ。喋るな。殺すぞ」

「あなたは、本当に悲しくないんですか？」

もう一度、頰を打った。今度は拳を握って殴った。肉の口から、歯が一本吐き出される。

「悲しくはねえよ。誰が死のうが、どうでもいい」

「どうして嘘《うそ》をつくのですか？」

「本心だよ」

そう言って、オリビアは背中を向けた。

「………本心だよ」

オリビアの言葉は、本心だが、同時に嘘だった。

死んだことは、悲しくない。それは本当の気持ちだ。だが、同時にそれが悲しい。悲しくないことが悲しい。

昔は、違ったはずだ。肉になる前の自分は、人の死を悲しめた。しかし、今は悲しくない。肉に変えられて記憶を奪われて、同時に、人の死を悲しむ気持ちも奪われた。

それが悲しいのだ。

別のある日、シャーロットが言った。

「オリビア。ここを出よう」

ベッドの上で、突然シャーロットは言った。オリビアは毛布を跳《は》ね除《の》けて起き上がった。

「どうして？」

「私の研究課題はもう完成している。神溺教団での、私の存在意義は薄れつつある」

それはオリビアも知っている。彼の研究課題は、人間の空間移動を実現させることだ。肉たちを使って人体実験を繰り返した。彼はすでに、人間を自由に瞬間移動させられる。

教団の上層部からは、船を守る空間結界《けっかい》を生みだす事を依頼されていた。それも完成している。

「もう、ここにいる必要はない。二人で、どこか綺麗な場所に行こう。

オリビア、私はかごの小鳥より、空を飛ぶ鳥のほうが好きなんだ」

シャーロットは、オリビアの手をとり、ベッドに引き込む。オリビアは沈黙したまま、抱擁《ほうよう》を受ける。

「心配は要らない。私の能力は知っているだろう。ここを脱出することなど、わけはない」

「……………」

「それに、言っていただろう。君は、人間になりたいと」

今現在も、肉たちはオリビアの命令に従って魔術審議を行っているはずだ。目的が果たされる日は近い。ここから出るわけにはいかない。

オリビアは、シャーロットのあごを撫《な》でながら言う。

「豚《ぶた》が檻《おり》から出ても、虎《とら》になって吠《ほ》えはしません。どこに行こうが、私は肉のままです」

「そんなことはない。君は綺麗だ。肉ではない」

シャーロットは、なおも食い下がってくる。どうあっても、連れて行くつもりらしい。

オリビアは、長い間続けていた演技を、初めてやめた。

「冗談じゃないね。一人で行きなよ」

もうこの男に尽くす必要はない。罵《ののし》り、嘲り、鬱憤《うっぷん》を晴らしてやるつもりだった。だが、返ってきた返事は違った。

シャーロットは、オリビアをより強く抱きすくめた。

「そうだな。そう言うことは、わかっていたよ」

「……え？」

信じられない言葉だった。

「君は、私を利用していたのだろう？　わかっていたよ。初めから、わかっていた。でも、いつか、そうじゃない関係ができると思っていた。そう願っていた」

シャーロットの体温を感じながら、オリビアが答える。

「わかっていたなら、話は早い。あたしはあんたを利用する。あんたはあたしの体を利用する。それだけの関係で良いじゃない」

「………オリビア。君はわからないのか、私の気持ちが」

「そうだよ。わからないし、わかりたくもない」

「……君は、肉たちが大切なんだな。私がどんなに愛しても、肉たちのほうが大切なんだな」

「あたしは、肉だからね。あんたみたいな、人間じゃないんだよ」

シャーロットは、オリビアの体から離れる。

「そうだな。ならば、行くところまで行きなさい、その結果が、どうなろうとも」


それから、一月《ひとつき》後のことだった。

シャーロットが、全ての記憶を奪われ、肉に落ちた。他の擬人たちも同様だった。一人の真人と彼の配下が船を占拠《せんきょ》し、オリビアは囚《とら》われた。

オリビアの計画が、露見《ろけん》したのだ。

長髪の男が、オリビアに言った。もう一度記憶を奪い、別の研究施設に送ると。そして、その前に少し楽しんでいきなさいと笑いながら言った。

船の甲板の上。

長髪の男が、運び出してきたソファに座り、オリビアを眺めている。オリビアは上半身を裸《はだか》に剝《む》かれ、縛《しば》られていた。両脚は棒にくくりつけられている。

目の前には一人の肉。肉の背後には赤毛の女が立っている。女は鞭を手に持っていた。

「もっと言わせなさい、アルメ」

「かしこまりましたシガルさま。さあ、言いな」

そう言って、赤毛の女が肉の背中を蹴る。軽く蹴っただけで、肉は地獄に落とされたような声を上げた。背中には皮膚《ひふ》がない。筋組織《きんそしき》が露出《ろしゅつ》するまで打ち続けられたのだ。

「オリビア……死ね、死ねオリビア！」

肉がかすれた声で叫んだ。オリビアは歯を食いしばってそれを聞いている。

「お前のせいだ。お前が全て悪いんだ、死ね、死ね、苦しんで死ね！」

オリビアの背後には肉たちの屍《しかばね》が積まれている。皆、同じように、拷問《ごうもん》された。そして皆、同じようにオリビアを罵倒《ばとう》することを強制された。仲間たちの憎悪《ぞうお》が、オリビアに与えられた拷問だった。

「アルメ。少し強く打ちすぎだよ。見たまえ。痛がっているじゃないか」

「申し訳ありません。シガルさま」

赤毛の女……アルメが鞭を振るう。無数の細かい棘《とげ》がついている。それはもはや拷問の道具ですらない。軽く撫でられただけでも皮膚が剝けるような鞭だった。

「死んでしまってはつまらないからね。じっくりと可愛《かわい》がってさしあげなさい」

もう一度、鞭を振るう。肉はオリビアを呪《のろ》い続け、やがて死んだ。

「さて、オリビア。何か言うことはないかな？」

と、シガルが言った。赤毛の女が、オリビアの背中を蹴る。

「可哀相《かわいそう》な肉たちだ。こんなに苦しんで死んでしまった。君のせいだよ。どう思う？」

オリビアは歯を食いしばる。すまなかったとは言えない。言ってしまえば、心が折れる。

——を取り戻すという目的を諦《あきら》めてしまう。諦めたくない。何があろうと、絶対に諦めたくない。

「さて、そろそろ遊びは終わりにしようか」

そう言ってシガルが立ち上がる。一本のペンを、懐《ふところ》から出した。裸に剝かれたオリビアの肩に、それを突きたてた。

「ここからが本番だ」

赤毛の女が近づいてくる。鞭が振り上げられる。

それから日が落ちるまでの間、拷問は続いた。シガルが飽きるまでの間、オリビアは一度たりとも後悔はしなかった。そして、諦めようとも思わなかった。


いくつかの記憶を取り戻した。だが、やはり目的までは思い出せない。

（あなたは、本当は苦しんでいたと思うわ）

レナスが言う。オリビアは嘲《あざけ》り笑う。

（馬鹿を言うなよ、レナス。本質的には悪人じゃないだと？　どこからどう見てもあたしは最低の悪党だよ）

（………）

（殺さなきゃ手に入らなかった？　たしかにそうだよ。でもな、殺さなきゃ手に入らないもの

を欲しがったんだよ。それがあたしの悪だ）

（……）

（肉たちも、シャーロットも、それに、あんただってそうさ。

あたしが欲しがらなければ、皆死ななかった。違うかい？　みんなが死んだのは、全部あたしのせいだろう？）

（……そうね）

（それでもな、あたしは欲しかったんだ。ベンド＝ルガーが、どうしても）

レナスは沈黙した。オリビアは、話し続ける。

（あんたと話すのも、これが最後だろ。最後だから、口を滑らせてやるよ。

バントーラ過去神島で暮らしていた頃ね、みんな、優しかったよな。見習いたちは馬鹿ばっかりだけど、みんな良い奴で。エンリケやマットアラストや他の武装司書たちも、みんなあんたを心配してくれて。

あのバケモノみたいなハミュッツだって、あんたに良くしてくれたさ。

あたしは思ったんだよ。あんたの中で、平和に暮らせはしないかと。

でもな、やっぱり違うんだよ。みなが優しくしてるのは、あたしじゃない。笑いかける相手は何時《いつ》だってあんただった）

（……オリビア。みんなはきっと、あなたにも優しくしたわ。彼らはみな、良い人たちよ）

（そうかもしれないね。でもな、そうだったとしても、あたしが皆を受け入れられない。あそ

こは優しすぎるんだ。あそこであたしは生きられない）

（今はそうでも、いつか仲良くなれるわ）

オリビアは心の中で答える。

（無理だね。あたしは最低の外道のままさ。誰が死んでも、涙一つこぼさない女だよ）

（人の心は変わるわ。あなたもきっと変われたわ）

（無理だね。あたしは、不可能とわかってることはやらない。

あたしには、わからないんだ。優しい人に会ったとき、どうすればいいのか。わからないんだよ）

（………）

（騙《だま》すことはできてもね。利用することも上手いけどね。自分の心は変えられないよ。

だから、あたしには戦うしかない）

（オリビア。あなたは）

（………もう消えろ）

レナスの声が、聞こえなくなった。

そう言えば、あの女は妙だった。オリビアが、体を乗っ取ろうとしているとき、レナスは一度も、抵抗するそぶりを見せなかった。オリビアの記憶に恐怖しながら、オリビアを受け入れていたのだ。

なぜだろうと、オリビアは疑問に感じた。

その頃、バントーラ図書館は襲撃《しゅうげき》に備えていた。だが、敵が襲《おそ》ってくるそぶりはなかった。陽動《ようどう》作戦だという予想は、外れているのではないかと思われ始めていた。

「おーい、エンリケさーん」

ノロティが、エンリケの姿を探していた。いつの間にか、姿が見えなくなっていたのだ。彼は飛行場にいた。ハミュッツと、ヴォルケンたちが去った後の、空を見つめていた。

「エンリケさん、何してるんですか。マットアラストさんが怒ってましたよ」

ノロティが呼びかける。

「そうか」

エンリケは、あっさりと言う。ノロティはため息をつく。マットアラストに怒られるのは怖かろうと、必死に探していたというのに。もともとこの人に、怖いものなんて何もないんだろう。

「敵が襲ってくるかもしれませんから、図書館に戻りましょう」

と、袖《そで》を引っ張るが、エンリケは動かない。何かを考えながら、空を見ている。

「レナスに、聞いたことがある。モッカニアの話だ」

「え?」

急に何を言い出すのだろうと、ノロティは思った。

「モッカニアは、最後に降伏《こうふく》し、自決した。それは母親を守るためではなかったらしい」

「はあ」

「神溺教団に記憶を奪われ、別の人格を与えられた、哀《あわ》れな一人の女性。それを死なせないためだったらしい」

よくわからないが、ノロティは話を聞き続ける。こういうときに、だからなんですかと聞くと、エンリケは不機嫌になる。

「そのことを、レナスは嬉《うれ》しいと言っていた。最後の最後に、そう思ってくれる子供に育ってくれて良かったと言っていた。俺には、どうもよくわからん」

エンリケは、遠くの空を仰《あお》ぐ。その先に何を見ているのか、ノロティにはわからなかった。

「今にして思うと、こうなることは初めから決まってたのかもしれない」

何かわからないが、重要な話をしていたのだろう。ノロティはそう思うことにした。

「あいつは、逃げ切るかな。できるなら逃げ切って欲しいとは思うが」

エンリケは呟き、ノロティに連れられて飛行場をあとにした。


「オリビアさん」

オリビアは、ヴォルケンの声に顔を上げる。見ると、飛空艇の下には、森が広がっている。

「あと十五分ほどで到着します。ユックユックと『本』を回収して、すぐに移動します」

「どこに移動するんだい」

「決めていませんが、とりあえずあなたの安全を守れる場所へ。北方辺境の遺跡辺りに、拠点《きよてん》を探します。そこであなたの記憶を取り戻しましょう」

「わかった。そうしな」

「少し、休んでください。記憶を取り戻すのも、早いに越したことはありませんが、一分一秒を争う事態ではない」

オリビアは、背もたれに寄りかかり、小さく息を吐いた。


まさにその時。

ハミュッツが伸ばした触覚糸《しょつかくし》の先端に、触れるものがあった。追いかけているヴォルケンの飛空艇だ。

飛行機のハッチを開け、投石器を右手の指にはめる。射程距離に入るまで、あとわずかだ。

「さあ、やっと追いついた」

ハミュッツの接近に気づかないヴォルケンは、飛空艇をまっすぐに飛ばしている。

第五章 絶望の反逆

目的地は近い。あと少し飛べば、着水できる湖がある。そこに降りて、五分ほど歩けば、目的地。自転人形ユックユックと、『本』がある隠れ家にたどり着く。

見下ろすと、細い木が密集した森がある。数時間後には、ハミュッツが到着し、森の中を触《しょっ》覚《かく》糸《し》で探すだろう。だがそのときにはもう、ヴォルケンたちはさらに北西へと飛んでいる。

「出しぬいた」

ヴォルケンはそう呟《つぶや》く。今後、ハミュッツとの戦いがどう展開するかはわからない。しかし、最初の一戦はヴォルケンの勝利だ。

そう思ったとき。

視界の端に、何かが映った。映ったと認識したときには、もう通り過ぎている。

鳥か、とヴォルケンは思った。しかし、この高度を飛ぶ鳥はいない。

もう一つの可能性を検討する。だが、それはありえない。ハミュッツは、どう計算しても五百キロ以上後方を飛んでいるはずだ。ハミュッツの投石器でも、ここまでは絶対に届かない。

後ろを振り返る。そこに、ありえないはずのものがあった。追走する、一機の飛行機。

「馬鹿《ばか》な！」

ヴォルケンが叫んだ。オリビアも後ろを振り返る。もう一つ、礫弾《れきだん》が機体を掠《かす》めた。さすがのハミュッツも、二十キロ以上離れた移動中のものを狙撃《そげき》することは、容易ではないようだ。いや、問題はそんなことではない。

「なぜ、ハミュッツがいる！」

ヴォルケンが叫ぶ。その時、頭の中で声が響いた。

（ヴォルケン）

ミレポックだ。異変を知らせなければと、ヴォルケンは思う。

（どうかしら。そろそろ代行が、追いつく頃だと思うけれど）

送られてきた思考は、冷たかった。その冷たさで、からくりが理解できた。

嘘《うそ》だったのだ。ハミュッツの話も、マットアラストの話も。ヴォルケンを欺《あざむ》くための、嘘だったのだ。

（予想通り速度を下げてくれたのね。全速力で逃げてたら、追いつけるかどうか微妙なところだったから）

ヴォルケンの体から、力が抜ける。足と腰が宙に浮いているような錯覚《さっかく》に襲《おそ》われる。今まで、よりどころにしていたものが消えていく。

（ミレポック……お前は……）

初めから、騙《だま》すつもりだったのか。いや、違う。バントーラで話したときも、最初に情報を送ってきたときも、騙すつもりではなかったはずだ。そう信じないと、辛《つら》すぎる。

(何を考えているか、大体わかるわ。初めは、あなたを信じていた)

(なら、なぜ)

彼女の思考が、頭の中で鳴り響く。

(決まってるでしょう！　ビザクさんを殺したからよ！)

思考とともに、殺意が伝わってきた。そんな馬鹿な、とヴォルケンは思う。ビザクは、戦いの途中で負けを認め、ヴォルケンを送り出してくれたはずだ
(勘違《かんちが》いだ、ミレポック。ビザクさんは死んでいない)

(騙しとおしたつもり？　残念ね。代行が出発した後、何人かの武装司書が追いかけたのよ。ビザクさんの遺体、簡単に見つかったわ)

なぜだ、とヴォルケンは思う。そんなはずはない。

(それは……ハ、ハミュッツが)

思考共有の向こうで、ミレポックが笑う。

(何を言い出すかと思えば。代行が殺したわけないでしょう)

(俺が殺すはずがないだろう！　ビザクさんは、俺に味方すると言ったんだ)

(代行が殺したわけがないでしょう。証拠もあるわ。ビザクさんは、刃物で切られて死んでいたそうよ。代行は刃物、使わないわよね)

何かの間違いだ。夢なら、覚めてくれ。信じられない。信じたくはない。

ビザクさんが死んだ。そして、これから自分も死のうとしている。

(ああ、そうだわ。あなた、レナスさんを連れ出したわね。人質のつもり?)

(レナスは今、俺の後ろに)

(武装司書は人質に屈しないわ。判《わか》っているでしょう? レナスさん、可哀相《かわいそう》ね)

(そんな馬鹿な。今俺の後ろにいる)

(そう。ならどうして思考共有が繋《つな》がらないの?)

(それは)

ヴォルケンは、オリビアのことを説明しようとする。だが、その前にミレポックが割り込んできた。

(さよならヴォルケン。どうでもいいけれど、早く死んでね。

あなたのこと、アーガックスで忘れるつもりだから。顔も名前も覚えていたくないわ)

思考共有が切れた。操縦桿《かん》から、ヴォルケンの手が滑り落ちるように外れた。

「そんな、馬鹿な。ビザクさんは……」


しばし前。楽園管理者の下に、思考共有が送られてきた。

(楽園管理者。忠実なる擬人《ぎじん》ダルトムが、武装司書ビザクを仕留《しと》めました)

だからどうした、と楽園管理者は思う。そんなことを命令した覚えはない。

ダルトムが、ビザクほどの男を倒せるとも思えない。どうせ負傷しているところを襲ったか、そんなところだろう。

(それより、布陣《ふじん》は敷き終わっているのだな)

命令したのはそっちだ。そっちのほうがよほど重要だ。ヴォルケンとオリビアを殺すための戦力を、森の中に揃《そろ》えさせていた。

(完了しております。忠実なる擬人ウライの手で)

武装司書を仕留めた者には、天国に行かせると、擬人たちに伝えていた。

(わかった。ダルトムに天国行きを約束すると伝えろ)

(かしこまりました)

楽園管理者は呟く。

「ビザク、死んだか」

彼の顔を思い出す。勇敢《ゆうかん》で、面白《おもしろ》みのある男だった。

「つまらない場所で死んだものだな。戦場で、正々堂々と死ぬべき男だったのだが」

楽園管理者にとっては、面白くない事件である。だが、そのつまらない死が、ヴォルケンとオリビアを追いつめたことなど、さすがの彼にもわからない。


ハミュッツの投石を避けるために、飛空艇《ていこう》を蛇行《だこう》させる。投石は当たらないが、しだいに狙撃の精度は上がってきている。礫弾が翼を掠めた。バランスが大きく崩《くず》れる。

「あたしを抱えて飛べ！」

後ろでオリビアが叫んだ。撃ち落されるのは時間の問題だ。オリビアを守るためには、機体を捨てるしかない。

「歯を食いしばってください。舌《した》を嚙《か》む！」

風防を開け、オリビアの体を抱える。空中に舞剣《まいけん》を撒《ま》き、それを足場にして、衝撃を和《やわ》らげながら降りていく。ヴォルケン一人ならば直接飛び降りても平気だが、抱えているオリビアが着地の衝撃に耐えられない。

操縦者を失った飛空艇が、空《むな》しく飛んでいく。ハミュッツの礫弾が、空《から》になった飛空艇を打ち抜いた。

腕の中でオリビアが悲鳴を上げる。草木を蹴《け》散《ち》らしながら、ヴォルケンが着地した。

オリビアが呻《うめ》いている。一般人には耐えられない衝撃だ。ヴォルケンは、彼女の体を抱えて走り出す。

「攻撃が……来るぞ」

「わかっています」

ヴォルケンは、自《みずか》らの能力を解放する。ヴォルケンの周囲に、幻《まぼろし》の霧《きり》が生み出された。この霧の中ではハミュッツの触覚糸も効力を失うことがわかっている。

ヴォルケンは、自分とオリビアの幻を生み出す。霧の中から、偽《にせ》のヴォルケンたちが四方八方に散っていく。これで時間は稼《かせ》げるはずだ。

だが、稼いで、どうする。

ハミュッツ＝メセタを倒すことは、不可能だとわかっている。ならば逃げに徹するか。だが、逃げ切れるのか。逃げ切れたとしても、その後どうすれば良いのか。

自分たちにはいまや、たった一人の味方もいない。その状態でいったい何をすればいいのか。ヴォルケンはわからないまま走り出す。


ヴォルケンが着地したのを見て、ハミュッツは飛行機を乗り捨てて地上に降りた。飛行機は墜落《ついらく》し、ハミュッツは土煙を上げながら着地する。

予想どおり、ヴォルケンは幻を生み出した。逃げに回ったか、とハミュッツは笑う。

「つまんない戦いさせるんじゃないわよう。フォトナさんに叱《しか》られちゃうわよう」

ハミュッツは礫弾を三つ、投石器に装塡《そうてん》する。自分に向かってくるヴォルケンから消していく。どれも幻だ。本物は、逃げているヴォルケンのどれかだろう。

と、そのときハミュッツは、ヴォルケンの幻とは別の感触を感じた。触覚糸でそれを探る。

「楽園管理者ね。手を打つのが早いのは良いけどさ、余計なお世話よう」

ハミュッツは呟く。

「こんなことするより、この機会にわたしを殺そうとか考えなさいよ」

そう言いながら、ハミュッツはヴォルケンの幻を潰《つぶ》してゆく。

「それにしても、久しぶりねえ。コリオを思い出すわ」

ヴォルケンの幻とは別の、触覚糸の先に触れているものを感じる。ヴォルケンたちを待ち構えているのは、懐《なつ》かしい感触の連中だった。

ヴォルケンは、幻に混じって逃げ続けている。

策は何も思い浮かばないが、今は逃げるしかない。ハミュッツのような攻撃的逃走ではなく、ただ逃げるだけ。屈辱《くつじょく》だが、そんなものを感じている余裕すらない。

その時、ヴォルケンは人影を見つける。男性だろう。こんな所で、何をしているのか。古びたカーキ色の上着とズボン。頭全体が、布の覆面《ふくめん》で覆《おお》われている。

覆面の下で、何事かを呟きながら、よろりよろりと歩いてくる。

敵か味方か。話しかけようか否《いな》か、ヴォルケンは迷う。その時、オリビアが言った。

「あれ、殺せ」

その時、覆面の男が走り出した。肉体強化の魔術を使えない、一般人の速さだ。

男が、草に足をとられ、転んだ。同時に、男の体が爆発した。ヴォルケンはそれを、覚えている。白煙《はくえん》号の戦いでぶつかり合い、ルイモンの命を奪った人間爆弾だ。

「……神溺《しんでき》教団の連中まで、来たのか。こりゃ、いよいよどうしようもないな」

何がおかしいのか、オリビアはからからと笑い出した。

「楽園管理者」

楽園管理者に話しかけたのは、教団の幹部の一人だ。兵器を管理するのが務めの者だ。

「人間爆弾を全《すべ》て使い切れという命令でしたが、本当に良かったのでしょうか」

「ああ。人間爆弾は武装司書相手には役に立たない。あれは奇襲《きしゅう》に使うから有効な兵器だ。タネが知れればもう使えない。この辺《あた》りで使い切っても惜《お》しくはない」

教団の幹部は不満を覚える。せっかく改良に改良を重ねたというのに。これでは無駄になるではないか。

「しかし、たかが肉の女一人に……」

「その肉の女一人に、我らはシャーロットを失ったよ」

「ですが」

「もう忘れろ。これでオリビアは終わった。不要な人間爆弾も使い切った。それだけだ」

人間爆弾を配備したのは、念のためだ。ハミュッツは信用できない。何かの気の迷いで、オリビアを逃がす可能性もある。

だが、これで安心だ。オリビアを逃す可能性は、万に一つもありえない。


「ま、考えてみりゃ当然だな。直接の敵は、神溺教団だからな。ここまで大人しくしててくれたのが幸運だよ」

オリビアが言った。

状況は、雪崩《なだれ》を打つように悪化していく。背後からはハミュッツ。前方には人間爆弾たち。味方はいない。予想していた最悪の事態より、遥《はる》かにひどい状況だった。

「もう、降ろしてくれ。大丈夫だよ」

オリビアが地面に降りる。そして、けらけらと笑いだした。

「こりゃ、無理だよ。あたしら、死ぬね。間違いない」

たしかにそうだ。だが、そんなに早く諦《あきら》めるのか。そう思ったヴォルケンに、オリビアが言う。

「でもな、ヴォルケン。わかるかい？　これが戦いだよ」

両手を広げて、ヴォルケンに見せる。諦めた者の顔ではない。

「味方はなし。敵は最悪の相手。勝ちの目なんざどこを探してもねえ。周りのどこ見渡しても、絶望以外見当たらねえ。これが戦いだよ」

「………」

オリビアが、ヴォルケンを見つめて笑う。

「初体験か？　ヴォルケン。あたしには二度目さ。白煙号にいた頃は、これよりもっと酷《ひど》かった。今は、あんたがいるからね。あのときよりはよほどましさ」

「……オリビアさん」

「あたしは、戦うよ。あんたはどうする。ここで何もせずに死ぬかい？」

オリビアが、背中を向けて歩きだす。ヴォルケンはその背中を見つめる。

「俺は……」

ヴォルケンは呟く。そして、思い出す。

自分は何のために戦っていたか。フォトナさんから、そして過去二千年の武装司書たちから受け継いだ、武装司書の正義を守るため。その正義は、折れてはいない。自分は一度も、道を踏み外していない。

ならば、戦える。戦う意味は、まだ心の中に残っている。

「待ってください、オリビアさん」

オリビアが振り向く。ヴォルケンは、能力を解放させる。濃厚なミルクのような霧が、手の中で生み出された。

「これを持って行ってください。俺の能力の一部です。これを使って念じれば、あなたも俺と同じように幻が作れます」

能力の譲渡《じようと》。これを使える戦士は珍《めずら》しい。もしも戦いの中で命を落としたとき、残される仲間のために習得した能力だ。武装司書ではない者に、譲《ゆず》るとは思わなかったが。

「あんたは、どこへ行く」

能力を受け取りながら、オリビアが聞く。

「ハミュッツと戦います。俺には俺の戦いがあります。あなたにもあなたの戦いがある」

「そうだな、結局は、別だ」

「……………短い付き合いでした」

「じゃあな、ヴォルケン。今まで会った中で、一番使える男だったよ」

最後の別れがそんな言葉か、とヴォルケンは笑った。

仲間ではなく、同志ではなく、戦友でもない二人。それが二人の、最後の別れになった。わずかに交わった二つの道は、また別々の道へと戻っていく。

ヴォルケンは、正義のために。オリビアは、ベンド＝ルガーのために。


「む」

ハミュッツが呟く。

森の中に散らばったヴォルケンの中の一人が、幻の霧を生み出した。その中からさらに多くのヴォルケンが生み出され、ばらける。今までの戦いと違うのは、全てがハミュッツのいる方向に走ってくることだ。オリビアの姿は見えない。別れたということか。

「ふむ、その気になったのね」

ハミュッツは、今のうちにオリビアを殺そうかとも考える。今、オリビアのみに狙《ねら》いを絞《しぼ》れば狙撃できるだろう。しかし簡単な仕事を後回しにする、ハミュッツの悪癖《あくへき》がここで出た。ハミュッツはヴォルケン相手に神経を集中させる。

ひたすら幻のヴォルケンを攻撃し続ける。今のところ、ハミュッツにできる手はそれしかない。なかなか、厄介《やっかい》な能力だとハミュッツは思う。

ヴォルケンは、幻を生み出し、操《あやつ》る。勝ち目も策も、目的もない。ただ戦うだけだ。ヴォルケンはひたすらに走り、舞剣の射程距離、百五十メートル以内まで、近づくことに成功する。

「待ちなさい、ヴォルケン」

と、そこでハミュッツが攻撃をやめた。

後方から、かすかに聞こえる音はハミュッツとヴォルケンの、戦いの音だろうか。

オリビアは、教えられた山へと歩いている。ヴォルケンのように、木々の間を駆け抜けることなどできない。草を掻《か》き分け、木の枝をくぐり、スカートから覗《のぞ》く脚に切り傷をこしらえながら歩いている。この歩みはハミュッツの目から見れば止まっているようなものだろう。狙われれば、ガラスのコップを砕《くだ》くよりも簡単に、オリビアの体は肉片となる。

ヴォルケンが、大量のオリビアの幻を生み出し、辺りに散らしてくれた。さしものハミュッツも、自分を狙撃するためには、運に頼っていくしかないだろう。

ある程度の時間は稼げる。だがしょせんは運任せの策。次の瞬間には、脳が砕けているかもしれない。ヴォルケンが時間を稼いでくれることを祈る以外にない。

「……………ち」

右方向で爆発音がした。

確か、さっきオリビアの幻が右に歩いていったはずだ。人間爆弾が幻を見つけ、自爆したのだろう。

オリビアは、右手にまとわりつく、不定形の霧を見つめる。それに願いを込めて、手をかざす。目の前に、自分の姿をした幻が生み出された。前に進め、と心の中で命じると、言われたとおりに進みだす。

「そろそろ良いかな」

先に行かせて、数分がたったころ、オリビアも歩き出す。先に行かせた幻のあとを追う。しばらくたって、前方から爆発音が聞こえた。もしも、幻を前に行かせていなければ、死んでいたのは本物のオリビアだっただろう。

「くそったれ……」

オリビアはもう一度、幻のオリビアを生み出す。そして、同じように前を行かせる。

ヴォルケンから受け取った幻の霧は、使うごとに小さくなっていく。回数には限りがあるようだ。大きさを見るに、あと十度持つかどうか。

「よくも、やってくれるよ。あたしみたいな、小娘一人になあ」

オリビアは知らない。この人間爆弾を考案したのは、シガル＝クルケッサである。別の擬人がそれを改良したのが、今襲ってきている人間爆弾たちだ。そしてシガルが、人間爆弾を思いついたのは、オリビアが爆弾で、擬人を脅迫《きょうはく》していたことを知ったときだった。ある意味でオリビアは、人間爆弾の産みの親である。自業自得《じごうじとく》ともいえなくもない。

「待ちなさい、ヴォルケン」

その言葉に、反射的にヴォルケンは動きを止めた。見習いの頃から、絶対の命令として従い続けてきた、館長代行の言葉だ。長年の習慣が、頭で考えるより先に足を止めてしまった。

「戦う前に、話すこともあるでしょう？　戦いよりまず話し合い。そういうご時勢じゃない」

ふざけたことを言っている、とヴォルケンは思った。

だが本心はどうあれ、ハミュッツは本当に話し合うつもりらしい。ヴォルケンは、ハミュッツの周囲に群がる幻の動きを止めた。ただしオリビアの幻は、動かし続けている。

「まず、一つ聞くわよう。あなたは神溺教団に寝返ったわけではないのね？」

「そうだ」

幻の一つが口を開く。声で場所を特定されるような愚《ぐ》は犯さない。

「やっぱりね。そうだと思ってたわ。あんたは、天国を目指すタイプじゃないわ。自分の幸せなんて顧《かえり》みないタイプだものね」

「……………？」

天国。神溺教団の連中が追う、実態なき空虚《くうきょ》な概念だ。そんなものには無論、興味はない。

「じゃあ、あんたの目的はなんなの？」

「武装司書の正義のため。それ以外に理由はない」

「そのためにオリビアを？　なんか変な話ね……よくわかんないわ」

ハミュッツが首をひねる。

「正義を守りたいってのは良いけどさ、あんたが馬鹿なことをしたら、バントーラ図書館が滅ぶのよ。それは判ってる？」

その言葉を、ハミュッツの思い上がりと解釈する。ハミュッツを失えば、神溺教団に破れると、言っているのだろうと思う。

「お前一人がいなくなったところで、バントーラは滅びない。神溺教団にも負けない」

「…………？　そういう意味じゃないんだけどな」

ハミュッツが首をひねる。

二人の会話は、完全に食い違っている。二人ともそれに気づいていない。

「逆に、俺のほうからも聞くことがある。どうして肉の船を沈めた。そして、どうしてオリビアを殺そうとする。彼女は、お前と敵対する人間ではない」

「へえ。あんたはそう思うの」

「質問に答えろ。なぜオリビアを殺そうとする」

「オリビアはね、生きてちゃいけないのよ。それだけよ」

「なぜだ？」

またハミュッツは首をひねる。

「ううん、難しい質問。何でと言われたところでねえ。どうしてなんでしょうね」

「わからない？　お前がした虐殺《ぎゃくさつ》の理由も？　理由も判らずに殺したのか？」

「いや、理由はわかるのよ。それとオリビアがどう関《かか》わってるのかがよくわからんのよね」

さっきから、話が噛み合わない。ハミュッツが言っている意味がわからない。同じように、ハミュッツにも何がどうなっているのか、よくわかっていないようだ。

「もう良いわ。なんか、よくわかんない」

ハミュッツはぐしゃぐしゃと頭を掻く。

「面倒《めんどう》になってきたわ」

「なんだと？」

「もう良いわ。戦うのやめましょう。オリビアを殺しましょ。それであんたからオリビアの記憶を消す。事の真相は、ラスコール＝オセロから聞き出す。それでおしまいにしましょ。

いや、殺す必要もなさそうね。人間爆弾でどうせ死ぬわ。もうやめましょ。こんなこと」

「……ハミュッツ」

ヴォルケンは確信する。この女は、やはり悪だと。人の命と『本』を守る、武装司書ではないと。

幻を動かす。全てのヴォルケンが、ハミュッツに向けて突進する。

「もう、なんなのよ。まだ話は終わってないのよ」

ハミュッツが投石器を振るう。また戦いが始まった。

ヴォルケンは、舞剣を動かす。ハミュッツはすでに射程距離の中に収めている。戦いはここからだ。


長く歩いた。オリビアの歩みなど、ヴォルケンやハミュッツにとっては止まっているような速さだが、それでも歩いた。

森の中に、いくつもの音が響きわたる。立ち止まって辺りを見渡すと、森のそこかしこで煙が上がっていた。人間爆弾が、幻のオリビアを見つけては爆発しているのだろう。

「くそったれが」

前方で爆発が起こった。爆発に巻き込まれて消えたのは、オリビアの作った幻だろう。幻を先行させてそのあとを追うという方法で、オリビアは爆弾を避けていた。

オリビアはまた一つ、幻を作って前に行かせる。幻が先に進むまでの間、そこで待つ。

その時、後ろで草木を掻き分ける音がした。

「しまった……」

後ろから来られた。すでに、オリビアの姿を見つけている。逃げるしかない。

人間爆弾が一直線にオリビアを追ってくる。視界の悪い森の中なのに、オリビアを一瞬たりとも見逃さない。

覆面をしてるくせに、なんでこっちのことがわかるんだとオリビアは思う。

それが改良された人間爆弾の性能である。余計なものを見せないために、視力は奪われている。彼らは聖浄眼《せいじょうがん》の力を持つ目を、頭に埋め込まれ、魂《たましい》を知覚して追いかけてくるのだ。

仕方なくオリビアは幻を生み出し、後ろに走らせる。人間爆弾は幻に触れかけた瞬間、爆発した。魂を見る力をも欺《あざむ》ける、ヴォルケンの能力の優秀さだ。

「……………ちくしょう」

だがその力も残り少ない。早くたどり着かなければ。

空を一面に舞剣が覆う。地を数十人のヴォルケンが走る。

ハミュッツの言うとおり、ヴォルケンの戦いは、相手にとっては実に面倒だろう。ハミュッツは何百度もヴォルケンの頭部に礫弾を打ち込んでいる。だが、本物のヴォルケンはいまだ無傷なのだ。

背後から、舞剣がハミュッツを襲う。ハミュッツは投石器を当てて、舞剣を跳《は》ね飛ばす。幻だ。同時に前方からヴォルケンが突進する。それに礫弾を打ち込むが、それも幻。

舞剣が虚空《こくう》を切り裂いて、ハミュッツを襲う。そのほとんどが幻とわかっていながらも、全てに回避行動をとらなければならない。

「ああ、もう！」

ハミュッツは、焦《じ》れている。焦れて、攻勢に回った瞬間、幻の舞剣をかわすのをやめた瞬間がヴォルケンの勝機。ハミュッツにはそれが判っている。判っているからこそ、焦れる。

いつもの安全策、逃げながら戦うハミュッツの基本戦術も、今は使う理由がない。本物の攻撃はいまだ一度も来ていないのだ。それでは退《ひ》く意味がない。

ヴォルケンはひたすらに幻を生み続ける。さすがに、力がつきかけている。

戦いは今、我慢《がまん》比べとなっている。互いに、我慢強さは武装司書でも最上級。その意味では互角《ごかく》の戦いともいえる。

ヴォルケンは思う。

なぜ、自分は戦っているのだろう。万が一ハミュッツに勝てたとしても、その後どうする。

もはや仲間たちは、自分を受け入れてはくれないだろう。武装司書としてのヴォルケンは、とうの昔に終わっている。

それでも、戦いの手は緩《ゆる》まない。今の自分は、今までと変わらなく強い。

自分は、一度も間違ったことはしていない。その確信があるからだ。信じ続けた正義は変わらずにそばにある。

ならば、戦える。ただ独《ひと》りになろうとも、戦える。

きっと、オリビアに出会わなければ、この足は萎《な》えていただろう。独り、寄る辺《べ》なく戦うことに、耐えられなかっただろう。だが、今は知っている。心の中に、変わらぬものがあれば、戦い続けられるのだと。


日が暮れてきた。状況はオリビアにとって、不利になっていく。明かりを持っていない。日が沈んでしまったら、歩くこともできなくなる。

ヴォルケンに言われた、自転人形ユックユックの隠し場所まであと三十分ほどで着く。途中で足止めを食えば、間に合わないかもしれない。

右で音がした。人間爆弾だ。二人いる。オリビアは幻を生み出して前に走らせた。自分は左に逃げる。回り道になるが仕方がない。

十分ほど歩くと、幻を走らせた方向で爆発音がした。爆発音は一つだけだ。二人いたのだから、まだもう片方は残っているはずだ。だが、追ってくる人間爆弾はいない。二手に分かれて、両方を追うという知能はないらしい。

撒《ま》いたと思い、オリビアは足を止める。体力の限界だった。全身、皮膚《ひふ》が出ているところは傷だらけだ。道のないところを走り続けたため足首が痛い。

一分でもいいから休みたかった。大きく息を吸い、吐く。

「……」

さっきから聞こえてくる爆発が、少なくなってきている。人間爆弾の数も、いい加減に減ってきたのだろう。幻を道連れに、死んでいったのだ。

「まったく、ころころと死にやがる」

オリビアは呟いた。人間爆弾は死んでいく。ヴォルケンももうすぐ死ぬだろう。オリビアの戦いの道程に、また新しく屍《しかばね》の山が築かれた。

一体悪いのは誰だろう。オリビアは思った。

殺すのは、ハミュッツや神溺教団だ。だが、殺させたのは誰だ。彼らを死地に追いやってきたのは誰だ。

決まっている。オリビアだ。オリビアが殺させて、ハミュッツが殺す。始まりを作ったのはオリビアだ。

「……くく」

オリビアは力なく笑う。自分がおかしかった。よくぞここまでたくさん殺したものだ。

だが、かまわない。この世にいるのは、敵と、利用する相手だけだ。

(本当に、そう思ってる?)

レナスの声がした。うるせえ、とオリビアは思う。その時、また昔のことを思い出した。

船にいた頃の記憶だった。

肉の部屋で、一人の少女が、擬人たちに両肩を押さえつけられている。シャーロットに使われるのだ。彼の、人体を移転させる魔術はまだ完成していない。繰り返される人体実験の果てに、シャーロットは魔術を完成させようとしている。

「……オリビア」

少女が、顔を上げて呼びかける。その目の先には、オリビアがいる。オリビアは、擬人たちを止めることができない。自由に使っても良いというのは、擬人たちとの契約だからだ。

「助けて。死にたくない」

本来許されない、肉の命乞《いのちご》いだ。少女は叫び続ける。

「まだ死にたくない、人間になりたいよ!」

オリビアは思う。間に合わなかった。もう少し早ければ、彼女も人間にしてあげられたのに。彼女にも――を取り戻せたのに。

少女が、部屋から連れ出される。その姿から、オリビアは目をそらした。連れ去られたあとの、肉の部屋が静かになる。別の一人が口を開いた。

「オリビアさん」

連れ去られた少女と同じく、オリビアに付き従っている肉だった。

「戦いましょう。あの子の分まで。絶対に、――を取り戻しましょう」

肉の目は、戦う意思に燃えていた。


レナスが呼びかけてくる。

(あなたが思ってるほど、あなたは孤独ではなかったわ)

(うるせえよ、レナス)

そう告げて、オリビアは立ち上がる。体の痛みは治まらないが、息だけは整った。

行こう。あと少しだ。そう思って、歩き出したその刹那《せつな》だった。

前に、人影を見つけた。なぜ今まで、気づかなかったのか、疑問に思うような距離にいた。

見分けがつく。さっき、撒いてきたはずの人間爆弾だ。

「……なぜ」

休んでいたとはいっても、わずかな時間だ。追いつけるはずがない。それにこいつは後ろからではなく前から来た。そんなことは、瞬間移動でもできなければ不可能だ。

「……」

人間爆弾はしばし立ち止まっている。そしてのろのろとオリビアに向かって歩いてくる。

慌《あわ》てて幻を生み出し、人間爆弾に突撃させる。人間爆弾は何の反応も返さない。幻は人間爆弾に触れて消え去った。すでに狙いは、本物のオリビア一人に定まっている。

　足が動かない。足を止めているのは恐怖ではない。取れる手段がなにも思いつかないからだ。これで、終わりか。オリビアはそう思った。悔《くや》しさと、恐怖と、怒りが胸を渦巻《うずま》く。それと同時に感じるのは、長く苦しい戦いから、解放されるかすかな安堵《あんど》。

　オリビアの心が完全に敗北に染められたとき。人間爆弾に変化が起こった。

　オリビアに向けて直進していた、足が止まった。

　同時に、変化はオリビアにも現れていた。ゆっくりと、足を前に動かしたのだ。

「違うのよ」

　オリビアの口が動いた。

「わかるかしら。私はオリビア＝リットレットではない。あなたが探してる人ではないのよ」

　歩みを止めた人間爆弾に、近づいていく。それは事実オリビアではない。

　レナスだった。

　オリビアの意識は、昨日までと同じように、心の奥底に追いやられていた。

　人間爆弾が混乱している。彼らが魂を見て追っていることなど、レナスもオリビアも知らない。しかし、それでもわずかな望みを賭《か》けて選んだ、最後の手段が成功していた。

　レナスが歩み寄る。覆面の顔に、優しく手を添える。

「もういいのよ。こんなことをしなくてもいいの」

　人間爆弾が、おずおずと手を動かす。初めて子猫を触る少女のように、レナスの手を握る。

「もう、休みなさい。ゆっくりと」

何かから解放されたかのように、人間爆弾の体が崩れる。疲れきった子供のように、地面にへたり込む。

「………行きましょう。もうすぐよ」

座りこんだ人間爆弾を残して、レナスが歩き出す。

(なんでだ)

レナスに、オリビアは聞いた。

(体を取り返そうと思えば、いつでも取り返せたんじゃないか。今まで、どうして体を譲り渡していたんだ)

「実を言うと、バントーラ過去神島にいた頃から、薄々わかっていたわ。私はあなたに取って代わられると。わかっていて、抵抗しなかった」

(どうしてだ)

「借りていたものを返しただけよ。それに私はずっと、あなたを助けたいと思っていたわ」

(どうしてだ!　どうしてあたしなんかを!)

「あなたの気持ちは、わかるわ。あなたが気がついていない、あなたのほんとの気持ちに。

理由はそれだけよ」

(あたしの、気持ち?)

「もう一度言うわ。考えてみて。必要なものは何か。あなたが奪われたものは何か」

夕日が沈みきる直前、レナスの前方に、小さな小屋が見えてきた。

「たぶん、ベンド＝ルガーいうのは、その、一番大事なものをあなたに与えた人なのよ、オリビア。他人を利用していると、思っていたのはたぶんあなた一人よ。あなたは皆に支えられて、ここまで来たのよ」

レナスは、体をオリビアに返した。オリビアは、また歩き出す。

「………ったく、うざったい！」

ハミュッツが、痺《しび》れを切らしかけている。戦闘力はハミュッツのほうが上だが、我慢強さはヴォルケンが上回った。ヴォルケンはひたすら守りに徹している。背後のオリビアのためだ。生きているかどうかも判らないが、守るべき相手だ。

その時、ハミュッツは、戦い方を変えた。

ヴォルケンを狙わず、空中の舞剣を狙いはじめた。自分に突撃してくるヴォルケンの幻以外は攻撃しない。もともと守勢に回っていたのに、さらに守りに入った。

だが、ヴォルケンにとってはまずい事態だ。本物のヴォルケンは、幻を駆使《くし》して入念に守っている。ハミュッツの攻撃対象にならないように、常《つね》に距離をとり、ハミュッツの視界に入らないようにしている。

だが、舞剣はそうではない。

空中の舞剣が、撃ち落されていく。無尽蔵《むじんぞう》に生み出される幻とは違い、舞剣の数には限りがある。全て撃ち落されれば、ヴォルケンに攻撃の手段はない。

ヴォルケンも戦い方を変える。守りから攻めに切り替えた。

十数体のヴォルケンが、ハミュッツに向けて突撃する。もはや今までのようなブラフではない。その中に、本物のヴォルケンがいる。

その瞬間、ハミュッツが投石器を放った。足元の地面に向けてだ。爆発したように、土が跳ねる。それに当たって、幻たちが消えていく。

「見つけた！」

ハミュッツが、投石器を振るう。紐《ひも》がヴォルケンの首に巻きつき、刎《は》ね飛ばそうとする。その攻撃は、読めていた。読めていたからかろうじてかわせた。ヴォルケンの体が地に臥《ふ》す。瞬時に、ハミュッツが投石器に礫弾を装塡する。ヴォルケンが、両手両足を使って、四足獣のように跳ねる。

礫弾が、背中を掠めた。服と皮が切り裂かれる。

ぱっくりと開いた裂け目から、背骨が露出《ろしゅつ》していた。並みの人間ならばのたうちまわる怪我《けが》だ。だがヴォルケンにとっては浅い。まだ戦える。

「……やるわね、ヴォルケン」

ハミュッツにとっては追撃《ついげき》の機会。しかし、攻撃は来なかった。ハミュッツの肩から血が流れていた。

本物のヴォルケンすら囮《おとり》。攻撃は、ヴォルケンを狙ったその瞬間、背後から来た舞剣だった。ハミュッツは顔をしかめ、ヴォルケンは笑う。戦力差を考えれば、相打《あいう》ちの負傷はハミュッツの屈辱。ハミュッツを取り囲む全ての幻が、姿を変える。本物のヴォルケンと同じように、背中が裂けて血を流す。

なんのために戦うのか。戦い続けたところで、ハミュッツに勝てるとは思っていない。しかし、一分、一秒でも長く戦い続ける。戦い続けている限りは、武装司書の正義はヴォルケンの中にあるからだ。

二人は距離をとり、向きあう。その時、ハミュッツが、投石器の回転を止めた。

「ねえ、ヴォルケン。戦いも、きりの良いところだし、話の続きをしていいかな?」

「……」

ヴォルケンも戦いをやめる。オリビアのためを思えば、時間を稼ぐのも悪くはない。

「さっきも言ったけど、わたしはあんたが何で戦ってるのか知らんのよ。わたしを追い出すっていうのはわかるけどさ、その理由がわからんのよね」

相槌《あいづち》は打たない。勝手に喋《しゃべ》らせることにした。

「あんたは、神溺教団の真実を知ったの?　だからわたしに反抗してるの?」

神溺教団の真実。ヴォルケンはそれを知らない。たしかビザクが言っていた、ハミュッツには隠していることがあると。そのことを言っているのだろうか。

「違うの?　なら、菫《すみれ》の咎人《とがびと》のことも、ベンド=ルガーのことも知らないの?」

ベンド=ルガーの名は知っている。菫の咎人という存在は、初めて聞いた。オリビアに関わっていることなのだろうか。

「それも知らないのね。変だなあ、ならどうして戦うのよ」

ヴォルケンは答える。

「目的は、お前の悪事を暴《あば》くことだ。証拠を見つけて、他の武装司書たちに明らかにして、お前をバントーラ図書館から追放することだ」

ハミュッツは考える。

「わたしの悪事ってどれよ。たくさんあるからさあ、どれか言わないとわかんないわよ」

「……………アロウ沖で船を沈め、肉たちを殺したことだ！」

ヴォルケンは思わず叫ぶ。

ハミュッツが、目を丸くした。戦いのさなかだというのに、あごを撫《な》で、頭を掻き、何かを考えている。

「それだけなの？」

ハミュッツが言った。

「あの人たちを殺したことに怒っているの？　それだけなの？」

「それだけ、だと？」

ハミュッツはしばし目を丸くし、それからくすりと笑った。

「あれかあ、そうか、あれだったの。なあんだ。もっとすごいことかと思ってた」

もはや戦っていることを忘れたかのように、ハミュッツが笑い出す。

「そうねえ、あれは悪いことだったわね。それで、どうするつもりだったの」

「船を沈めたのがお前だと、皆に明かす。お前が悪党だと、皆が知れば、お前を館長代行だと認める者はいなくなる」

「なによ、あんたそんなこと考えてたの！」

今度は、けたたましく笑い出した。ヴォルケンはひるむ。

「そうだったの、あら、困ったわ。それは困ったわねえ」

もはや、ハミュッツの眼中にヴォルケンは入っていない。苦しそうなほど笑っている。

「ああ。お腹《なか》痛い。肩も痛いけどお腹も痛い」

ヴォルケンは、恐怖を覚えた。目的としていたものが、ハミュッツにとっては、取るに足りないものなのか。自分の戦いそのものが、無駄だったというのか。

「ねえ、ヴォルケン。いいこと教えてあげる。

アロウ沖で白煙号を沈めたのが、わたしだってこと、みんな知ってるのよ」

「……………え？」

間《ま》の抜けた声。敵に対して、そんな声を上げてしまった時点で、すでに敗北である。

「マットアラストが、こっそりみんなにばらしちゃったのよ。なんだ、知らなかったんだ」

「……………うそだ」

「肉とはいえ、敵に回る可能性もあるから、殺した。そういうことになってるわ。ほんとの理由は違うんだけどね」

「……………なら、どうしてみんな黙ってるんだ」

「見て見ぬふりよ。下手に騒いで、わたしを怒らせても怖いしね。根っからの悪党はわたし一人だけどさ、みんなけっこう悪人なのよ。

あなた、武装司書は正義だと思ってるわよね。でもさ、結局それって建前《たてまえ》なのよ。普通だんだん気がついていくものなのよ。武装司書は、必ずしも正義とは限らないってさ。

大人になるってそういうことじゃない」

言葉が出なかった。今まで、ハミュッツ以外は、正義を守る仲間だと信じていた。それは甘かったのだ。

「良かったわねえ、裁判の前に逃げておいて。あと少しで大恥《はじ》かくところだったわよう」

そう言って、ハミュッツは笑った。

しかし、ヴォルケンはもう一度舞剣を動かす。武装司書の皆が、正義を守ろうと思わなかったとしても。ヴォルケンはなお信じ続ける。

誰も守らないなら、自分一人で守り続ける。それが、フォトナから受け継いだ正義だ。

「なに、しつこいわね。まだ戦うつもりなの？」

ハミュッツが、舞剣をかわす。

「なら、もっと教えてあげる。あんたが信じる武装司書の正義なんて、幻なのよ」

うそだ。

「歴代の館長代行にだけは、伝えられる真実があるわ。特別に教えてあげる」

舞剣を避け、撃ち落しながらハミュッツが言う。

「神溺教団と、武装司書の戦い。その諸悪の根源は、武装司書にあるのよ」

一瞬、体が止まりかける。

「……………嘘だと思うでしょ？　でも、ほんとのことなのよね。表向きは対立しているように見せかけてたけど、本当は違うのね。本来、神溺教団と武装司書は共存しているの。時々、今みたいに反乱が起こるけど、たいていは平和に仲良くやってるのよ」

嘘だ、とヴォルケンは思う。

「それに、神溺教団の統領、楽園管理者は、代々武装司書の中から選ばれてるのよ。言ってみれば、神溺教団は武装司書の下部組織なのね」

そんなはずはない。ヴォルケンは自分に言い聞かせる。

喋り続けるハミュッツは、楽しんでいる。鼠《ねずみ》を玩《もてあそ》ぶ猫のように、真実でヴォルケンをいたぶっている。

「なんで、そういうことになってるのか。その理由も教えてあげる」

ふふ、とハミュッツが笑う。

「神溺教団を生み出したのは、わたしたち武装司書だからよ」

舞剣が、止まった。

ヴォルケンの膝《ひざ》が崩れた。幻は立ったまま、本物のヴォルケンだけが崩れ落ちた。

致命的な失敗。それに気づいた瞬間に、ハミュッツの礫弾が放たれた。ヴォルケンの胸の、真ん中を打ち抜いていた。

「……う、そだ」

幻が消えていく。ヴォルケンの体が、崩れる。

「さよなら、ヴォルケン。あんたが信じてたものは、この世のどこにもなかったのよ」

ヴォルケンの体がうつ伏せに倒れ、動かなくなった。

倒れたヴォルケンの脳裏《のうり》に、フォトナの顔が浮かんだ。フォトナに伝えられた、武装司書の正義が、胸の中で浮かんでは消えた。

フォトナは、初めから、全てを知っていた。知っていて、ヴォルケンに正義を教え込んだ。信じていた言葉は、全て偽《いつわ》りだった。

俺の人生は、なんだったのだろう。ヴォルケンは薄れゆく意識の中でそう思った。武装司書とはなんなのだろう。神溺教団とは、なんなのだろう。もう何もわからない。

わからないまま、死んでいく。

仲間の武装司書たちの顔が思い浮かぶ。ミレポックの顔が。ビザクや、ルイモンや、モッカニアや、ミンスや、イレイアの顔が思い浮かぶ。

皆は、騙されているのだ。フォトナに、ハミュッツに、歴代の館長代行たちに。

それを、みんなに、伝えねば。ヴォルケンはそう思った。正義を守ってくれる誰かが、一人でもいると、ヴォルケンはなおも信じる。誰かに伝えなければ。

失われた仲間たちに、声が届くのなら叫びたい。思考を送れるのなら送りたい。

誰か、解き明かしてくれ。秘められた真実を、見つけ出してくれ。

だが、その願いは、心臓の停止とともに、闇《やみ》の中へ消えていった。


かつてのことである。ヴォルケンが、正式に武装司書になったその日。マットアラストが、ハミュッツに言った。

「フォトナさん、本当は最後までヴォルケンを武装司書にしたくなかったんじゃないかな」

「そうかしら」

ハミュッツはそうは思わない。結果的には、ヴォルケンを導いたのはフォトナだ。

「フォトナさんは、ヴォルケンを可愛《かわい》がってたよ。夢を叶《かな》えさせてやりたいとも思ってた。でも、同時に、武装司書にしたくなかった。

フォトナさんは、ずっと迷ってたんじゃないかと思う」

「どういうこと？」

「ヴォルケンは強い。いずれ、成長すれば館長代行にまで上り詰めるかもしれない。そこまでいかなくても、俺みたいに真実を知る立場になるかもしれない。フォトナさんは、それが嫌だったんだと思うな」

マットアラストも、ヴォルケンを可愛がった者の一人である。年の離れた弟のように思っていたのだろう。

「フォトナさんも、最初の頃は、武装司書の正義を信じていた。でも、館長代行に上り詰めた結果、真実を知ってしまった。たぶん、フォトナさんは苦しんだと思うよ」

「なんでさ」

ハミュッツは言う。

「真実を知るのは、苦しいよ。良心がひとかけらでもある人にはね。

秘密を隠し、仲間を騙し、密《ひそ》かに悪を行い続ける。仕方ないことではあるけどさ。嘘つきの俺だって嫌なんだ。フォトナさんにとっては、もっと苦しかったと思う。

君みたいなのは、例外だよ」

確かに、フォトナは、過剰《かじよう》なほど自己を律する男だった。館長代行の義務のために、良心を殺し続けていたのだろう。良心の呵責《かしやく》に耐えながら、悪を働き続けていたのだろう。

「ヴォルケンの心の中でだけは、武装司書は正義であり続けて欲しい。嘘でもいいから、武装司書の正義を守り続けて欲しい。

真実を知ってしまって、正義を守ることができなくなった、自分の代わりにね。

たぶんだけど、フォトナさんはそう思ってたんじゃないかな」


ヴォルケンの死体を見下ろしながら、ハミュッツは呟く。

「フォトナさん。あんた、やっぱり馬鹿よ。何もかも、中途半端な甘ちゃんなのよ」

死んだヴォルケンの顔は、悲しみと怒りに満ちている。

「悪に徹したいならわたしを、善に徹したいならヴォルケンを、見習いなさいフォトナさん」

それが、ヴォルケンに手向《たむ》ける、哀悼《あいとう》の言葉だった。

まだ戦いは終わっていない。オリビアがまだ生きている。ハミュッツは投石器に、長距離狙撃用の礫弾を装填する。

投石器を回転させ始めたとき、ハミュッツは後方に気配を感じた。

振り返ると、一人の少女が立っていた。青いワンピースに身を包んだ、たおやかでさわやかな少女だった。見知らぬ少女だが、話には聞いていた。

「あら、久しぶりね、ラスコール」

「懐かしゅうございます。ハミュッツ＝メセタ様」

ラスコール＝オセロは、スカートの裾《すそ》をつまんで、かわいらしくお辞儀《じぎ》をする。その姿は、しつけの行き届いた令嬢のものだ。表情は、大人びたというにはあまりにも虚無《きょむ》的な、人間らしさを感じさせないものだった。

「ずいぶん可愛くなったわねえ」

ハミュッツは投石器を下ろし、ラスコールに向き直る。

「ヴォルケンに、妙なことを吹き込んだのはあんたたね」

「はい。白煙号にて亡くなられた肉の『本』を、ヴォルケン様にお渡ししてございます」

「今回も、黒幕はあんたということかしら」

ラスコールは首を横に振る。

「黒幕とは恐れ多うございます。ミレポック様やアルメ様も同様でございましたが、皆様は私のことを、過大評価してございます。私は『本』を運ぶだけの存在。それを読み、行動するのは全て人間の為《な》すことでございます」

少女の体が地面に沈む。そしてヴォルケンのそばにまた現れる。

「この哀《あわ》れな少年。彼に『本』を渡したのは私でございますが、彼が何を思い、どう行動するかは、私の関わることではございません」

ラスコールは、実に無責任な物言いをする。だが、責任というものは人間が負うもので、剣が負うものではない。ラスコールはそう考えているのだろう。

「それで、どうするの？」

「私の機能を実行するのみでございます。ヴォルケン様の、途切れた物語を継ぐ者に、『本』を渡しとうございます」

「そう。まあ、好きになさい」

そう言ってハミュッツは、ラスコールに背を向ける。投石器に長距離狙撃用の弾を込めて、廻しはじめる。ラスコールが、土に石剣を差し込む。土が固まり、『本』へと変わっていく。

ヴォルケンの『本』を拾い上げたその瞬間。ハミュッツが投石器を振るった。視線とは真逆《まぎやく》の方向、『本』を拾い上げたラスコールの左手に。

「！」

華奢《きやしや》な左手がちぎれ、『本』とともに空中を飛んだ。ラスコールが身を土の中に沈める。それと同時に、ハミュッツが投石器を加速させる。

放物線を描いて飛ぶ、ちぎれた左手の着地点。左手が持っている『本』を掴《つか》もうと、ラスコールが上半身を土の中から出す。

「甘い」

二発目の礫弾は、ラスコールの頭部に着弾した。礫弾は頭部を砕き、背後の木々をなぎ倒しながら飛んでゆく。少女の顔の右半分が、スプーンで抉《えぐ》られたように消え去っていた。

「……」

口が、ハミュッツ、と発音する形に動く。声は出ない。手から石剣が落ち、地面の中へ消えていく。無残に破壊された少女の体だけが、ハミュッツの前に残された。

「ラスコール。あんたには悪いけどね、それはちょっと困るのよ」

ハミュッツはすでに、恐るべき速さで動いていた。死骸《しがい》のそばを走り抜け、投石器で、ヴォルケンの『本』を捉《とら》えていた。

「真実は明かされないわ。この世に、バントーラ図書館があり、館長代行がいる限りね。ヴォルケンの物語は、ここで終わるのよ」

そう言って、ハミュッツは『本』を地面に置く。

体をかがめ、指の先で『本』に触れる。ヴォルケンの物語が、頭の中に流れ込んでくる。目的はその中の一つ。ヴォルケンに、オリビアのことを伝えた、『本』を読んだときの記憶だ。

たどり着いた山小屋は、猟師《りょうし》が雨宿りのために使っていたものだろう。床の上には、一冊の

『本』と一つの人形が置かれている。オリビアはそれを手に取る。華奢な人形が膝を震わせた。たくさんの肉とオリビアが蓄え続けた魔法権利を行使するときを、待っている。

やっと、あたしの手に戻ってきた。シガルに奪われた大切な自転人形ユックユック。

人形が、私を踊らせろとうずく。だが、今のオリビアにはそれができない。人形に与えるべき命令の言葉が思い出せていない。

オリビアは、『本』に目を向ける。ヴォルケンは、この『本』にオリビアの目的は書いていないと言っていた。それでも取り戻すための手がかりにはなるかもしれない。

この『本』を読んで、思い出せなければ終わりだ。覚悟を決めて、オリビアが『本』に指先を伸ばす。

オリビアとハミュッツは、二人同時に『本』に触れた。二人は一人の、肉の生涯《しょうがい》を知った。


『彼』の名前。それを語ることに意味はない。

『彼』という個人を識別するための、文字列はこの世に存在している。しかし『彼』は、その名前を捨てた。記憶も、感情も自らの意志で捨てた。

『彼』は、自ら望んで肉になった、ただ一人の肉だった。

肉になる前の『彼』は、とある街に暮らした靴磨《みが》きだった。日々を暮らす金のために、毎日靴を磨いた。朝と昼と晩に食事を取り、眠くなれば寝た。

誰に嫌われもせず、誰に好かれもせず、『彼』は生きていた。表面上、『彼』は、どこにでもいる、普通の人間だった。

ただ一つ、普通と違ったのは、『彼』は非常に、死を恐れたということだった。もちろん、この世に死を恐れない者はいないが、『彼』はそれが人よりも激しかった。

しかし、誰にだって少しぐらい他人と違う部分がある。総合的に見て、やはり『彼』はなんでもない、ごく普通の人間だった。

『彼』が普通から外れだしたのは、一つの目的に思い至《いた》った時だ。自らを苦しめる死の恐怖から、逃れる術《すべ》を探し始めた日からだった。

初めは、一般的な手段を用いた。酒を飲み、麻薬に体を浸《ひた》し、女を抱いた。快楽の中で死を忘れようとした。

すぐにやめた。生きることへの未練が増え、死の恐怖が増すだけだった。

あるいは、平穏な死のために、平穏な生を送ってはどうかと考えた。穏《おだ》やかに、枯れて消えていくような死は、恐怖の少ない死であるように思えた。

それもすぐにやめた。死は死である。何も変わらない。

死んでみてはどうだろう。人は二度も死なない。死ねば死の恐怖から、逃れられる。思いついた中では、これが最もいい手段に思えた。

なるほど、と『彼』は手を打ち、早速《さっそく》実行に移した。

「……」

一本のナイフを前に、彼は思った。手段はこれしかないとはいえ、どうにもくだらない方法のように思える。

全ての不幸とは一体どこにあったのだろう。なぜ自分はこうまで苦しまなければならなかったのだろう。『彼』は考えた。

やがては気がついた。生きていなければ、死ぬこともないと。つまり不幸の源《みなもと》は、生きていることだ。全ての不幸は、生まれ落ち、生きて、死に、図書館に収められる、その宿命だと理解した。

やはり死のう。そう思って、『彼』はナイフの先端を心臓に向ける。

その刃が掴まれた。いつの間に近づいていたのか、一人の男が傍《かたわ》らにいた。

「お待ちなさい」

と、刃を掴んだ男は言った。人間を超えた力で掴まれていた。魔術を使う軍人か、武装司書だろうと『彼』は思った。姿が見えても記憶のできない、奇妙な男だった。

「あなた様に、一つの提案を申し上げたい。全てを忘れてしまえばいかがでしょう。この世の全てを忘れてしまえば、死の恐怖も忘れられるのではないでしょうか」

悪くなさそうだと彼は考えた。そして、頷《うなず》いた。

全ての記憶を失う水だと、男はコップを差し出した。それを、朝食のミルクでも飲むように、ためらいなく飲み干した。

『彼』は肉の船に送られた。目に映るものは、黴《かび》の生《は》えたパンくずと糞尿《ふんにょう》の壺《つぼ》。辺りを囲むのは、服を着た家畜だけ。幸福はない。希望もない。人としての尊厳も、命の価値も何もない。何もないから、失うことは怖くない。命は無価値だから、死ぬことも怖くない。記憶はないから、葛藤《かっとう》もない。意思はないから、欲望もない。

穏やかな気持ちだった。苦しみの全てから、『彼』は解放されていた。

実に幸福だった。

何事も、試してみるものだと『彼』は思った。何も幸福がないことが、これほど幸福だとは知らなかった。

「あなたには何も必要ないでしょうが、一応これを渡しておきます」

そう言って楽園管理者は、彼の手に小さな刻印《こくいん》を刻《きざ》んだ。

「何か困ったことがあったら使うといい。ある魔術師から譲渡された、守りの力です」

おそらく使うことはないだろうと、『彼』は思った。何も要《い》らないから、『彼』は全ての苦しみから解放されたのだ。

『彼』は肉だが、同時に真人《しんじん》だった。天国の存在も、神溺教団の教義すら知らなかったが、それでも彼は真人だった。

シガル、ガンバンゼル、パーニィ、そして『彼』。当代の楽園管理者が見つけてきた真人たちの中で、最も幸福な生を送ったのは、たぶん『彼』だろう。

肉の管理人すら、『彼』が真人であることを知らない。彼は他の肉たちと同じように扱《あつか》われた。『彼』の幸福な絶望は、しばらくの間、何事もなく続いた。

　ある日、一つの奇妙な人に会うまでは。

『彼』に、一人の少女が話しかけてきた。

「ねえ、あんた言葉はわかる？」

　最初、それは管理人の一人だろうと思った。彼女は肉のぼろきれではなく、舞台女優の着るような太ももの見えるドレスを着ていたからだ。香水をつけ、化粧をし、美しかったからだ。

「あたしはね、仲間を探しているのよ。あんた言葉がわかるんなら、あたしを助けてくれない？」

『彼』は黙っていた。

「あたしたちは、人間になりたいの。そのために、一緒に戦ってくれる人を探しているの」

『彼』は何も答えない。人間になるとは、どういうことだろうか。

「……………ううん、目を見ると知性っぽいのがあるんだけど。駄目ね」

　そう言って彼女は『彼』の前から離れた。また別の肉に、同じことを言っている。承諾《しょうだく》か拒絶かは問わない。彼女は人間らしい反応さえあれば、かまわずに連れ出して行った。

　しばらくたって、その女性がオリビアという名前らしいことを知った。それに、彼女が肉であることを知った。

「また肉が減っていやがる」

「あのオリビアが使ったんだ。全く、あの女は何をしてるんだ」

どうしたことか。『彼』は疑問に思った。全てを捨てたはずの肉が、何かを求めるなど。

彼女は、肉の管理人を脅迫しているらしい。さらに、擬人の一人に取り入っているらしい。

夜な夜な肉たちを集め、おかしな人形を囲んでいるらしい。

世の中には奇妙なこともあるものだと『彼』は思った。


好奇心という、原始的な感情は未《いま》だに『彼』の中に残っていた。『彼』は部屋を出て、オリビアが集まっているという場所に行ってみた。オリビアのおかげで、肉たちは船の中をある程度自由に動きまわれた。

部屋の中に、オリビアがうずくまっていた。吐いていた。誰にも見せないようにして、一人苦しんでいた。

「畜生、あの変態中年がよ……」

オリビアの目線の先に、落書きがあった。オリビアが『彼』に気がついた。

「………なんだよ、お前」

『彼』は何も答えない。

「………誰にも言うなよ。あたしはしんどくなると、ここに来て吐いてるんだよ。この落書き見て、気を紛らわしてるんだよ」

オリビアは立ち上がる。

「見なかったことにしろよ。どうせ、理解できちゃいないだろうけど」

だが彼は理解している。彼女は苦しいのだろう。何かを求め、そのために苦しんでいるのだろう。なぜそんなことをするのだろう。

誰かを愛する。何かを求める。それは全て苦痛でしかない。何も求めなければ、何も苦しくないのに。生きず、求めない。それが最高の幸福なのに。


結局、オリビアの行動は明るみに出た。オリビアと、彼女に付き従う肉たちは、この世のものとも思えない拷問《ごうもん》を受けた。

言わんことじゃないと、『彼』は思った。

どうせ得られないのだから、初めから望まなければ良かったのに。

長髪の男が、オリビアを責めている。

「さあ、ごめんなさいと言いなさい。肉の分際《ぶんざい》で過ぎたことをいたしましたと。殺されて当然でございますが、教団のためにこの体を活用させてくださいませと」

オリビアは、首を横に振った。さらなる拷問が、加えられた。

不思議なことをすると、『彼』は思った。苦しいならば逃げればいいのに。

なぜ求めるのだろう。疑問だけを『彼』に残して、オリビアは船を去っていった。

オリビアが去った後も、『彼』の幸福な絶望は続いた。が、オリビアが残した疑問だけは

『彼』の中にあった。しかし、答えなどは求めない。考えようとも思わない。

やがて、また船が騒がしくなった。今度はオリビアとは別の何かのようだった。

完成に近づいていた人間爆弾たちが、動員されていく。擬人たちが銃を持ち、駆け回っている。戦いのようだ。誰かがこの船を沈めに来たのだろう。

戦いは長く続いた。数時間かけて撃滅《げきめつ》できないということは、もう駄目だろう。この船は沈み、『彼』の、幸福な楽園は終わる。だが、悲しくもない。そんな感情はない。

やがて船に、見知らぬ者たちが上がりこんでくる。武装司書らしい。

『彼』は立ち上がった。死のう。たしか船底に、爆薬が積まれていたはずだ。『彼』はそこに歩いていく。

「……あら、何か用？」

船底には先客がいた。ぼさぼさの頭の女だ。一足先に、女は船底の爆弾を作動させていた。

「ごめんね。死んでもらうわ。わたしはオリビアを殺さなきゃいけないのよね」

そう言って女は立ち去っていく。ありがたいことをする、と『彼』は思った。

程なくして、爆発が起こった。『彼』は海中に投げ出された。これで良い、と『彼』は思った。

しかし、無粋《ぶすい》な手が『彼』の体を引き上げる。ありがたいことをすると思えば、余計なこともしてくれる。奇妙な連中だと『彼』は思った。

『彼』を救助したのは、若草色の髪の青年だった。

意味のないことをしないでくれ。そう思って、『彼』は助けの手を振りほどく。

「なぜだ」

と青年が叫ぶ。聞きたいのはこっちのほうだ。なぜ助けようとするのか。

「生きたくないのか！」

と青年は叫んだ。そのとおり。『彼』は生きたくないのだ。


沈みながら『彼』は考えた。死ぬまでに、しばらくの猶予《ゆうよ》があった。『彼』は自分の人生を振り返る。

なぜあの青年は、自分を助けようとしたのだろう。そんなことは必要ないのに。

「生きたくないのか！」

なぜ、そんなことを聞くのだろう。生きることに、意味はないのに。

オリビアのことが思い浮かんだ。

なぜ、彼女は戦っていたのだろう。求めることに、意味はないのに。

『彼』は思う。君たちはなぜ生きる。この、苦しみしかない世界で、なぜ生きようとする。

『彼』は逃げた。苦しみしかないのだから、この世から逃げた。手に入らないものを諦めて、去り行くものを諦めた。それを、幸福への唯一《ゆいいつ》の道と信じた。

しかし、それは本当に正しい道だったのだろうか。

もしかしたら、この世には別の生き方があったのではないだろうか。

「……………」

生き方だと？　『彼』は苦笑した。自分に生き方などあるものか。心臓は動いていたが、自分はとうに死んでいたではないか。そんな自分に、どんな生き方がある。

彼らは生きていたのだ。自分とは違う。

自分は、生きたことがない。自分は逃げたことしかない。ならば、生きるとはどういうことだろう。生きてみるのも、もしかしたら悪くないのかもしれない。

「……………」

『彼』は真人である。天国の糧《かて》となる真人は、自分の幸福に疑問を抱いてはならない。『彼』はこの時、真人の資格を失った。『彼』の心に、生きる欲望が生まれた。

『彼』の体が、動いた。空気を求め、海面を求めて足掻《あが》いた。それは無駄《げず》なこと。『彼』の肺から、残っていた酸素が吐き出されて、残り少ない『彼』の命はさらに削られた。

それでも『彼』はもがいた。生きるために、もがいた。

苦しみから逃げ、悲しみを捨て、何もせずに生きていく。それは、楽なことだ。あるいはとても幸せなことかもしれない。

この世は苦しみに満ちている。人は憎《にく》みあい、傷つけあい、嘲《あざけ》りあう。愛は儚《はかな》く失われ、夢はいつか捨て去られ、理想はやがて堕落《だらく》する。

だが、それでもなお、足掻き、苦しみ続けるのなら。

得られぬものを、求めるならば。

生きるとはそれだ。人生とはそういうことだ。

『彼』はもがく。そして憧《あこが》れる。オリビアに、そして世界じゅうの、求めて得られぬ人々に。

しかし、憧れたところでもう遅い。

海面は遠くなっていく。もがく動きは、弱々しくなっていく。やがて、力尽きる。

「……オリビア」

『彼』は、憧れた者の名を口にする。『彼』の言葉は、彼自身にも聞き取れない。泡《あわ》になって消えていく。

彼女のように、なりたいと『彼』は思った。彼女のようになれないなら、彼女の助けになりたかったと、『彼』は思った。

『彼』の体が沈んでゆく。

意識が闇に落ちる直前、声が響いた。誰の声だろうか。『彼』は、言葉に耳を傾ける。

「生きたいと願った瞬間、あなた様の『本』は、天国へ行く資格を失ってございます。なれど、あなた様に、かすかな新しい物語が生まれてございます」

声は喋り続ける。

「オリビア様は生きてございます。オリビアの力になりたいと、願ったあなた様の物語、それは実にかすかなれど、やはり続く権利を持つ、一つの物語でございます。

あなたの『本』は、オリビアのわずかな助けになるでしょう」

そうか。ならば、そうしてくれ。『彼』はそう思い、死んでいった。

ハミュッツは、ヴォルケンの『本』を握りつぶす。

これを見ても、オリビアの目的はわからない。ベンド=ルガーとの関係も不明のままだ。

やはり、オリビアを殺そう。真実はオリビアの『本』で読めば良い。

「ふん、助けになったか、ね」

ハミュッツの手に握りつぶされて、ヴォルケンの『本』が砂になって落ちていく。

確かに、オリビアの助けにはなった。この『本』がヴォルケンを導き、ヴォルケンがオリビアを導いた。だがそれも無意味。

ハミュッツが投石器に礫弾を装塡する。


オリビアは、『彼』の『本』を床に置く。レナスが聞いてくる。

(オリビア。ベンド=ルガーの記憶は戻った?)

(いや、だめだった。役には立たなかった)

しかし、オリビアはかすかに微笑《ほほえ》んでいた。人を騙すための笑みではなく、人を嘲る笑みでもなかった。

オリビアが、ベンド=ルガーを求めたせいで、死んでいったたくさんの人々。それを思えば、オリビアは悪党であることに変わりはない。

それでも、求めたことは間違いじゃない。それが、わかった。

この『本』を、自分に届けた誰かは、きっとそのことを、伝えたかったんだろう。

オリビアは、自転人形ユックユックに向き直る。思い出し、取り戻そう。殺されるまで、あと数分もない命。それでも、オリビアはベンド＝ルガーを求め続ける。

長きにわたる戦いの終わりまで、残りは数分もない。あらゆる絶望を乗り越えたオリビアに、最後の絶望が立ちはだかる。

ハミュッツの礫弾が、今、加速を始めた。

第六章 はじまりの誓い

壊れた壁の隙間《すきま》から、月が覗《のぞ》いていた。太陽が沈んだあとを継ぎ、天の頂《いただき》を目指して昇り始めていた。昨日は満月にわずかに足りなかった月は、今日は誇らしげに丸く輝いている。

オリビアが、顔の前で手を組む。彼女の前には、自転人形ユックユックの、あどけない肢《し》体《たい》。その姿は、降り注ぐ月光に祈っているようにも見えた。

自転人形は、発動するに十分な魔法権利を保持している。肉たちの生き残りは、オリビア一人だが、死んでいった肉たちの魔法権利は残っている。

あとは、オリビアが、魔法権利の内容を思い出すだけだ。

（ベンド＝ルガーを取り戻す）

オリビアはずっとそう願っていた。ベンド＝ルガーとは、肉になる前に、オリビアと出会ったあの人だ。彼のことを思い出すことが、オリビアの目的。

ならば、とオリビアは口を開く。

「あたしの記憶を取り戻す」

だが自転人形は踊らない。込められているのは別の魔法権利だ。

そういえば、オリビアには魔術の才能があると、エンリケが言っていた。自分一人の記憶なら、自分の力で取り戻せたはずだ。第一、今まさに取り戻している。

違う魔法権利なのだ。ならば、なんだ。オリビアは考える。

ハミュッツは投石器を廻《まわ》す。そして、一発目の礫弾《れきだん》を放った。初めに狙《ねら》ったのはオリビアの傍《かたわ》らに置かれている『本』だった。

自転人形を狙うことも、オリビアを狙うことも当然できる。最初に『本』を狙ったのは、ただ右端から壊していこうという、軽い気持ちに過ぎなかった。三つあるケーキの、どれから食べるかを考えないのと同じことだ。

これは明らかに、ハミュッツの油断である。オリビアがまだヴォルケンの能力を使えることを知らなかった。

狙撃《そげき》は完璧《かんぺき》な精度で命中した。彼の『本』はオリビアの横で、粉々《こなごな》に砕《くだ》ける。その時、オリビアは、ヴォルケンの能力を発動させた。霧《きり》を生み出して、自《みずか》らの体を隠した。

「あら」

ハミュッツはこの意外な抵抗に小さく声を漏《も》らす。ヴォルケンが幻《まぼろし》の力を譲渡《じょうと》できたことを、その時思い出した。

霧の中から、ユックユックを抱えたオリビアが、四人駆け出してくる。ハミュッツは投石器に礫弾を装塡《そうてん》した。

オリビアは、自転人形ユックユックを抱えていた。あと数分、いや、一分でもどうして待ってくれないのか。もとより、オリビアに生き残るつもりはない。ただ、自分のしてきたことに決着をつけようとしているだけなのに。

ヴォルケンから譲《ゆず》られた力は、この幻で全《すべ》て使い切った。この幻が全て消されたらオリビアは死ぬ。いや、ハミュッツが本物のオリビアに気がついたら、それで終わりだ。

自分の命は、どう足掻《あが》いてもあと一分かそこらだろう。でもその前に、どうしても、この人形だけは踊りださせなくてはいけない。自分のために死んでいった者たちの物語に、結末を与えなければ、あまりにも無意味すぎる。

仲間たちは言っていた。人間になりたいと。人間になるために戦っていると。

とすると、目的も想像がつく。

肉が人間になるために、必要なもの。それは、肉になる前の記憶だ。

「肉たちの記憶を取り戻す」

オリビアがそう言うと、自転人形がかすかに身じろぎする。さっきよりは近い。しかし、まだ違う。もっと限定的なことなのだ。

考えろ。あたしはあの船で、何をしていたのか。

オリビアの脳裏《のうり》に、過去の思い出が蘇《よみがえ》った。それはオリビアの戦いの、始まりの日の記憶だった。

十年前、オリビアは少女だった。

他の肉たちと同じように、船室の中で黴《か》びたパンくずを齧《かじ》って生きていた。違うのは、たった一つ。かすかな記憶が、残されていたことだ。

「……………」

オリビアはじっと自分の手を見る。彼女は覚えていた。その手が、何かを握ったこと。それはとても温かく、とても大事なものだったことを。

「……あったかい」

小さなオリビアは、小鳥のような声で呟《つぶや》いた。

他に為《な》すこともないオリビアは、手を見つめ続ける。かつて、この手が触れたものは、なんだったのだろう。

一年以上も、飽くこともなく、オリビアは自分の手を見つめ続けていた。やがて彼女は、一つの名前を思い出す。

握った人の名前は、ベンド＝ルガー。そういう名前の誰かを、この手で握ったのだ。

オリビア自身は知らないが、それは魔法権利の萌芽《ほうが》だった。ごくまれに、強い意志を持つものは、魔術審議を経《へ》ずに魔法権利を会得《えとく》することがある。魔術とは意志の力で公理を曲げる行為である。何かを強く願い続けることで、無意識のうちに魔術審議を行っていたのだ。

ベンド＝ルガー。その名前を心の中で、何度も何度も呟いた。どういうわけか自分の中に残っていた、わずかなものの名前を呟いていた。

やはり逃げるかと、ハミュッツは思った。逃げてゆく四人のオリビアを触覚糸《しょっかくし》で感じる。思い出になるほどの遠い昔から、続いてきた戦いだ。あっさりと殺されるわけがない。それに、かつてわずかながらもハミュッツを恐怖させたものだ。簡単に死なれる相手では、ハミュッツ＝メセタの沽券《こけん》に関《かか》わる。

粘れ。抗《あらが》え。そう思いながら投石器に回転を与え続ける。

すでに、十分な速度に達している。

四人のオリビアのどれが本物かを考えるが、すぐにやめた。素人《しろうと》ならばこの四人に紛《まぎ》れて逃げるだろう。だがこの期《ご》に及んで、オリビアを素人と考えるなら馬鹿《ばか》だ。

ヴォルケンの使っていた、簡単な心理トリック。本物は四人の中にはいない。ハミュッツは礫弾を、霧の中央に向けて放った。

二発目の礫弾が、老朽化《ろうきゅうか》した壁を打ち抜き、中のものをなぎ払うように床を這《は》う。

幻を操《あやつ》りながら、オリビアの心は、過去に潜り続けていた。

オリビアと同じ部屋に、一人の少女がいた。名前は知らない。彼女自身も知らないらしい。

彼女はしきりに話しかけてきた。笑わそうとつたない冗談を言い、注意を引こうと悪戯《いたずら》を仕掛け、まとわりついてきていた。だが、オリビアは答えなかった。感情はとうに、消え去っていた。

やがて、肉の管理人が少女を連れ去っていく。去り際に、少女はオリビアを見る。なにか言ってくれと、その目がオリビアに呼びかけていた。

「ねえ、あたし、死ぬよ」

「そうだね」

少女が笑った。笑いながら、目に涙がたまった。

「あたし、死ぬよ。ねえ、死ぬのよ」

少女は連呼《れんこ》した。オリビアが答えた。

「だからなんなの?」

少女はオリビアから目線を外した。そして部屋の中から去っていく。

きっと、何か言葉をかけて欲しかったのだろう。だが、なんといえば良いのかわからなかった。きっと彼女は、オリビアと友達になりたかったのだろう。だが、彼女を好きと思う気持ちは、オリビアの心の中から湧《わ》いてこなかった。

その時、肉になる前のことを思い出す。かつて、自分はベンド＝ルガーを愛したことを。

自分は人を愛せる人間だった。だが、今は違う。誰のことも愛せない。なぜだろう。

「なんでだろう……ねえ、ベンド＝ルガー」

ハミュッツの触覚糸は、山小屋全体を捕捉《ほそく》している。霧にも、幻のオリビアたちにも変化はない。二発目の礫弾は外れだった。

「……ち」

オリビアを買いかぶったか。それとも、侮《あなど》っていたのか。裏を読みすぎたか、それとも裏の裏を掻《か》かれたのか。

どちらだろうとも、ハミュッツの行動に変わりはない。ハミュッツはまたも礫弾を装填する。さすがにこの距離では、四人同時に潰《つぶ》すのは不可能だ。一つ一つ狙っていく。ゆっくりと五秒かけて加速し、よく狙って撃つ。

最初の一つ目を投げ、走るオリビアに命中する。外れだった。


幻が一つ消えていく。オリビアの残り時間は着々と削《けず》られていく。

その中で、オリビアはひたすら過去を思い続ける。オリビアの腕の中でユックユックは行使の時を待っている。

少女が消えた後、オリビアは考え続けていた。なぜ、自分は人を愛せないのか。

長い年月の中で、掌《てのひら》のぬくもりが、次第《しだい》に消えていくのを感じる。誰かに触れたい。誰かと語り合いたい。この掌に残ったものと、同じものがもう一つ欲しい。

オリビアは、自分の体を撫《な》でる。虚《うつ》ろな脈拍《みゃくはく》と、乾いた汗《あせ》の感触以外に、なにも掌に伝わらない。隣に座る肉に触れてみる。生温《なま》かく、汚い。

違う。これじゃないんだ。こういうことじゃないんだ。ベンド＝ルガーは、こういうものじ

い。

やないんだ。

肉たちと語り合いたい。仲間として、心を繋《つな》ぎあいたい。そう願うが、その方法がわからな
月日が過ぎる。

胸と腰のふくらみが目立ち始める頃、オリビアは肉の船室から魔術師の私室に移された。肉たちの中でもとりわけ美人だったオリビアに、シャーロットが目を留めた。

「愛しているよ、可愛《かわい》いオリビア」

肉の生活からかごの小鳥の生活へ。しかしオリビアは、前と変わらずに考え続けていた。

なぜ、自分は人を愛せないのだろう。肉たちを愛せない。シャーロットのことも愛せない。ベンド＝ルガーのことは確かに愛せたのに、他の誰も愛せない。

シャーロットと体を重ね合わせながら、オリビアは願う。

あの肉の船室に帰りたい。肉たちと、言葉を交わしあい、心を繋ぎたい。昔、ベンド＝ルガーと心を繋げたように。

オリビアは孤独だった。

愛したいのに、愛せない。行き場のない孤独感だけが、オリビアの心に積もっていく。

オリビアの中で、ゆっくりと、戦う意思が煮えたぎってくる。密閉された空間で、水の温度が上がり続けるように、彼女の中で意思は熱くなっていく。

つまるところ、オリビアが戦う理由は唯《ただ》一つ。

オリビアは、ただひたすらに、淋《さび》しかったのだ。

きっかり五秒に一度ずつ、ハミュッツは投石器を放つ。五秒に一度ずつ、オリビアの残りの命は削られていく。

二つめの幻が消えた。残りのオリビアも走り続けている。森の中を懸命に。そんなに急いでどこに行くのと、ハミュッツは心の中で問いかける。このままハミュッツが六時間ほど居眠りでもしていなければならないのに。あなたが安全な場所まで逃げるには、

「………むう」

それとも、何かまだ策があるというのか。たとえば楽園管理者が、今の隙を狙ってくるとか。ヴォルケンがまだ何かを用意していたとか。

ハミュッツは周囲を見渡し、触覚糸で周りを探る。

何もない。

ならば、あの自転人形ユックユックに、オリビアを助けられる力が込められているのか。だがそれもありえない。

やはり、何も問題はないのだ。ハミュッツは投石器を廻す。三つめの幻が消える。

シャーロットの部屋で飼われながら、オリビアはひたすら考える。シャーロットはそっけな

いオリビアの気を引こうと、次々と贈り物を届けてくれる。そんなものには目も向けない。

ある日、シャーロットが言った。

「君は、私を愛していないのか？　私は、こんなに君が好きなのに」

事実、そうだった。全く愛してなどいない。オリビアは答えてみた。

「シャーロット様。あたしは誰のことも愛せない」

「そうだね」

そう言って、シャーロットがオリビアの体を撫でる。

「それはね、君が愛された記憶を失ったからだよ」

「え？」

「愛されたことがないものは、愛する気持ちもわからない。愛は学習するものだ。誰かの愛をその身に受けて人は愛を学ぶのだ」

「……………そう、わかった」

シャーロットとともに、ベッドに倒れこみながら、オリビアは理解する。

肉たちが、そして自分が、人を愛せない理由がわかった。同時に、自分が何をするべきかも理解した。

オリビアの目に、部屋の片隅《かたすみ》に置かれている、自転人形ユックユックが映った。

礫弾で、三つめの幻が消えた。そして、四つめを放つ。ハミュッツは、決着を確信する。しかし、また裏切られた。四つ目のオリビアも、幻だった。

これで、決着の確信を、裏切られるのは何度目だろう。

「どこに！」

ハミュッツの触覚糸は山小屋全てを覆《おお》っている。逃れる場所はどこにもない。触覚糸の感触の通らない、三メートル四方ほどの、霧の中以外は。

しかし、あの中はさっき攻撃をした。あの中にいるのなら、とっくに仕留《しと》めているはず。

霧が、ゆっくりと晴れていく。

ハミュッツは触覚糸からもたらされる情報に、神経を集中する。ハミュッツは、触覚糸の力を過信していた。触覚糸の範囲の中に、オリビアがいると考えてしまった。簡単なその事実に思い至《いた》るまで、五秒の時間を要してしまった。

中でもなく、外でもないのなら、下だと。

霧が晴れる。

オリビアはそこにいた。老朽化した床板に、空《あ》いた穴。そこに入って身を伏せていたのだ。

ハミュッツを騙《だま》せる確信が、あったわけではない。霧の中を切り裂いた礫弾の軌道《きどう》が少しでも違えば、オリビアは死んでいた。ハミュッツの運が悪かったのか、オリビアの運が良かったのか。幻と霧の力で稼《かせ》げる時間は、これが最大限だった。オリビアの体は、ハミュッツの触覚糸の前に露出《ろしゅつ》している。次の礫弾が最後だ。

オリビアに、最後の記憶が蘇る。それが、探し求めていた記憶だった。

シャーロットから奪った、自転人形ユックユックを抱えて、オリビアは肉の部屋へと戻る。

「みんな、聞け」

オリビアは言った。

「言葉が理解できるものは、全員あたしに協力しろ。つべこべ言うな。命令だ」

肉たちの何人かが、反応する。オリビアに、どろりと濁《にご》った目を向ける。

「なんのために」

一人が聞いた。オリビアは答える。

「心を取り戻すためだ。神溺《しんでき》教団に奪われた心を取り戻すんだ」

「……どうやって」

「この、ユックユックを使う。みんなの力を合わせて、魔法を使うんだ」

「どんな魔法だ」

オリビアは、答える。


しぶとかった。本当に、しぶとかった。ハミュッツは、床に身を伏せたオリビアを感じながら思う。何の力もない身で、よくぞここまで頑張った。

ハミュッツは、礫弾の加速を終え、放った。完璧な精度で礫弾は飛ぶ。

「……終わったわ」

ハミュッツの口から、そんな言葉が漏れる。

オリビアは、ユックユックを抱えている。自分の体でユックユックを守るように。魔法を発動させようとしているのだろう。だが、間に合わない。オリビアの口が言葉をつむぎ、ユックユックがそれに答えるまでの間に、礫弾はオリビアを抹殺《まっさつ》する。

ベンド＝ルガーとの因縁《いんねん》も、これで終わる。

そう確信したその時。

見えない力に、礫弾が弾《はじ》かれた。オリビアの体すれすれで、見えない壁にあたったように軌道を変えた。

「！」

ハミュッツは愕然《がくぜん》とする。何が起きた。今、オリビアを守った力は何だ。

思い出す。ヴォルケンの『本』で読んだ、一人の真人《しんじん》のことを。

『彼』に、楽園管理者が渡した守りの力。あの力は、『彼』を守らなかった。『彼』がオリビアを守りたいと願ったとき、『彼』自身も知らないうちに、守護の力はオリビアに譲渡されていたのだ。

「馬鹿な！」

ハミュッツが叫び、もう一度投石器を振るう。

守りの力は一度だけだ。次だ。次の攻撃で、今度こそ殺せる。

ユックユックに語りかけようとしたその刹那《せつな》、礫弾が襲《おそ》ってきた。オリビアは、今自分を守ってくれた力が、何かわからなかった。

見知らぬ誰かが、もたらした最後の猶予《ゆうよ》。

オリビアが、自転人形ユックユックに呼びかける。長きにわたって求め続けた魔法を、発動させる。

オリビアと、肉たちを、人間に戻すための魔法。愛することを思い出させるための魔法権利。

命令の言葉がつむがれる。

「踊りなさい、自転人形ユックユック。

神溺教団に囚《とら》われた全ての肉に、愛の記憶を取り戻せ」

うずくまっていた自転人形が、立ち上がった。飛び立つ間際《まぎわ》の小鳥のように、両手を高く上げた。片足のつま先で立ち、両手を大きく振り、人形はくるりくるりと回りだした。

魔法権利は履行《りこう》された。オリビアの長き戦いが、その時かなった。

レナスは、その時、踊る自転人形を見ていた。

オリビアが記憶を取り戻すにしたがって、レナスの人格は失われていく。消え去る時は、ついにやってきた。

最後に、レナスは思った。よかったと。オリビアの助けになれてよかった。愛する息子が、オリビアを守ってくれてよかった。

レナスは、オリビアに言う。今まで彼女を手助けしてきたその理由。

(人を死なせ、人を欺《あざむ》きながら、悪行《あくぎょう》を働き続けながらも。あなたの胸は、何時《いつ》の日も、愛に満ちるときを待っていた)


森の中。未《いま》だ生き残っていた人間爆弾たちが止まる。自らの中に訪れた突然の変化に驚く。

ある者は覆面《ふくめん》を剝《は》ぎ取り、ある者は力なく座り込んだ。

同じく神溺教団に囚われた恋人のことを思う者がいる。

自らを裏切り、肉に変え、擬人《ぎじん》となった家族を思う者がいる。

肉の船の中で心を繫いだ友人を思う者がいる。

誰もが、胸の爆弾の起爆装置を剝ぎ取って捨てた。そして思い思いの方向に歩き出した。


バントーラ図書館で、エンリケが頭を押さえてうずくまった。

「どうした、エンリケ君」

マットアラストが駆け寄る。エンリケは、突然訪れた、自分の変化に驚いた。見知らぬ二人の男女の顔が浮かぶ。それが、死んだ両親であることを思い出した。

「なぜ、こんなことが」

変化はそれだけではない。頭の中に、いくつもの記憶が浮かぶ。体内の、仮想臓腑《ぞうふ》の中から浮かび上がってくる。

「これは、ササリ？　……カヤスか……ロンケニーなのか？」

死んだ仲間たちの記憶が蘇る。エンリケの頬《ほお》から、一筋の涙がこぼれる。

とある海上に浮かぶ船。肉を管理する擬人たちが、異変に気がついた。にわかに騒がしくなる肉の船室。

「何が起こった！」

擬人が叫ぶ。聞こえてくるのは、泣き声、怒号《どごう》、誰かの名を呼ぶ声。何が起きているのか、全くわからない。

「楽園管理者の指示を仰《あお》げ、早く、早くだ！」


そしてオリビアも思い出す。ベンド＝ルガーの記憶を。


「……何なの？」

ハミュッツは、声を上げた。今、たしかに何かが起こった。だが、何が起こったのかわからない。触覚糸で読み取れない。

「何が、起こったの……」

しばし、呆然《ぼうぜん》としていたが、すぐに気がつく。

何をしている。攻撃だ。状況も、目的も、何も変わっていない。

ハミュッツは投石器を回転させ、礫弾を飛ばす。心の動揺はあるが、狙いは正確だった。

しかし、攻撃から着弾までの、一秒足らずの間。礫弾の軌道を、一人の男が塞《ふさ》いでいた。ラスコール＝オセロのように地面の中から現れたのではない。シネマの特殊効果のように、瞬時に空間に現れた。

そして、幻ではない。ハミュッツの礫弾は、その男の背中を撃ち抜いたのだから。


オリビアは、そのときハミュッツの存在を忘れていた。逃げることも忘れていた。攻撃が来る、と思ったときには、すでに礫弾は飛んでいた。

だが、その時、一人の男が突然目の前に現れた。礫弾は彼の体を貫いた。オリビアの服が、彼の血しぶきと肉片で濡《ぬ》れた。

「……………オリビア」

男の体が、崩《くず》れた。オリビアが、彼の体を受け止めた。

「ああ、そうか」

オリビアが、もたれかかってきた彼の重さによろける。その重さを知っていた。オリビアは、血に濡れた手で覆面を剥いだ。

「やっぱり、シャーロットだったのか」

オリビアのせいで、肉にかえられた大魔術師。そして、十数分前に、オリビアに立ちはだかった最後の人間爆弾だった。

「……思い出した。やっと、思い出したぞ、オリビア」

オリビアが、彼の体を抱きしめる。

「ごめんな、シャーロット」

シャーロットがわずかに残された力を振り絞《しぼ》り、オリビアの背中に触れる。

「ごめんよ、シャーロット、ごめんよ」

シャーロットが、数十年の間、鍛《きた》えぬいた魔法権利が発動した。空間が捻《ね》じ曲がり、どこかの場所と、オリビアのいる場所が同調した。オリビアの体が空間を超えて、いずこかへ去っていった。

支えを失ったシャーロットの体が崩れ落ちる。ハミュッツの礫弾が、オリビアのいない空間を空《むな》しく通り過ぎ、地面に突き刺さった。

礫弾が外れた。ハミュッツが理解できたのは、それだけだった。突然現れた男が誰か。なぜ、どうやってオリビアを救い出したのか。ハミュッツには、わからなかった。

「……何が起きたの？」

触覚糸の範囲内に、オリビアの姿はない。

投石器が遠心力を失って、力なく地面へと落ちた。

「ねえ、ちょっと。どういうことなの？」

わからない。なぜオリビアが消えたのか。オリビアが込めた魔法権利とはなんだったのか。

全てが、ハミュッツのあずかり知らない場所で展開した。そしてハミュッツを一人残して去っていった。

「……いったい、何が起きてたの」

混乱する頭で、現状を冷静に把握《はあく》しようとする。

オリビアは、目的を果たし、生き延びた。そしてハミュッツは、目的を果たせずみじめに取り残されている。

つまり、自分は敗北したのだ。

その事実に思い至り、それを受け入れるまでの間、ハミュッツはなす術《すべ》もなく立ちすくんでいた。


オリビアは、いずこかもわからない平原の中にいた。

天には、月が高く昇っている。あの山小屋では、地上近くにあったはずだ。時差が生じるほどの距離を、移動してきたのだろう。ハミュッツからの攻撃は、もう来ない。オリビアは生き延びたのだ。

自転人形ユックユックは発動した。そして、ハミュッツの攻撃もかわし、生き続けている。

オリビアは勝利したのだ。

だが、何のための勝利なのか。

肉たちと、心を繋《つな》ぎ、語り合うための戦いだった。その相手は、とうの昔に皆死んだ。

オリビアはかろうじて間に合い、同時にあまりにも遅すぎたのだ。

「……ごめん」

オリビアは呟いた。

「みんな、ごめんよ」

オリビアは完全に、記憶を取り戻していた。ベンド＝ルガーとは誰か。なぜ、彼を求めていたのか。ベンド＝ルガーの記憶が、自分の中にあったのはなぜか。ハミュッツが自分を殺そうとしたのも、ベンド＝ルガーを知る者を抹殺するためだったことも、理解できた。

オリビアは、過去を思い返す。十年前、肉になる前に出会った、ベンド＝ルガーのことを。

戦場の中。

子供たちを攫《さら》い、肉を集める神溺教団の手先から、オリビアは助け出された。鉛《なまり》の巨人をオリビアは見上げる。巨人というほどの大きさではないが、小さなオリビアにとっては怪物のように見えた。

「なんだよ、お前」

オリビアは言った。鉛の巨人は何も答えない。言葉を話せないのか、意思がないのか、オリビアにはわからない。

「あたしに、なんか用か」

鉛の巨人は、答える代わりに腰を下ろした。そして指で、土に何かを書いた。絵かと思ったが、どうやらそれは文字らしい。幼い子供が書いたような、読みにくい文字だった。

『べんど＝るがー』

「あんたの名前か」

続けて、字を書いた。

『まもる』

「あたしを守りたいのか？　どうして？」

ベンド＝ルガーの指が止まった。それだけしか字を書けないのだろうと理解した。

「なんだかわからんけど、守りたいなら好きにしろよ。守らせてやる」

オリビアは言い、歩き出した。ベンド＝ルガーはそのあとをついてきた。こいつが何かはわからんが、なかなか利用できそうだとオリビアは思った。


オリビアを守るといったところで、ベンド＝ルガーは何をするわけでもない。ただオリビアのあとをついてきて、たまに人攫いを見かけると戦う。それだけだった。後ろに妙な奴《やつ》がいる以外、オリビアの生活は変わらない。

ある日、オリビアは腹をすかせていた。そして目の前には一人の少女がいた。不発弾の爆発に巻き込まれたのか、足に怪我《けが》をしていた。

「オリビア………助けて、殺さないで」

奪うのは簡単で、当然奪うつもりだ。見知った顔の少女だが、構うことはない。細い小さな手で、ナイフを握ろうとしたとき、ベンド＝ルガーが手を摑《つか》んだ。

「放せよ、ベンド」

鉛の巨人は何も語らない。ただ、オリビアの手を摑んでいた。

「仲間だから、殺すなと？　そう言いたいのか」

オリビアは鉛の巨人を怒鳴りつける。その間に、よろよろと少女は逃げていく。畜生とオリビアは呟いて、ナイフを投げつけた。ナイフは外れて、少女は逃げていった。

「言っておくがな、ベンド。あたしにゃ仲間なんざいねえよ！　あたしは一人だ。一人で生きて、一人で死ぬんだ。それだけだ」

ベンドの表情からは、何も読み取れない。

「文句があるなら消えろ。どこにでも行けよ！」

オリビアは、叫ぶ。ベンドは何もしない。ただ、黙ってついてくる。

「何か、言いたいことあるんだろ」

そう言って、オリビアは地面に腰を下ろした。そしてナイフを拾い、地面を引っかいた。

「字を教えてやるよ」

ベンド＝ルガーの覚えは悪かった。元来が聡明《そうめい》なオリビアは、苛立《いらだ》たしくなった。

「これじゃ読めねえよ。これは左右逆！　覚える気あるのか、このでくの棒！」

鉛の体を蹴《け》り飛ばす。蹴った足が痛くなる。ベンド＝ルガーは従順にオリビアの教えを受けている。

オリビアは知りたかった。なぜ、彼は自分を守りたいのか。

誰かを守りたい。そんなことを考える者に、生まれて初めて出会ったからだ。

しばらくたつと、ある程度のコミュニケーションは取れるようになっていた。覚えさせながら、一つ理解したことがあった。ベンド＝ルガーは、魔法で生み出された自動人形の類《たぐ》いではない。自らの意思を持ち、動いているということだ。

オリビアはベンドに尋《たず》ねる。

「あんたは、なんなの？」

鉛の指で、土に文字を刻《きざ》む。

『へいき』

「どうしてあたしを守りたいの？」

しばらく考え、文字を書く。

『まもりたい』

誰かに命令されたから、あるいは、何かに利用するために守っているのではないようだ。しかし、守りたい理由はわからない。

「どうして守りたいの？」

ベンド＝ルガーは沈黙した。上手《うま》く説明できないようだと、オリビアは思った。

「らちがあかねえな。もっとちゃんとした文章を書けるようにならねえと駄目だな」

そう言ってオリビアは、また字を教え始める。

オリビアは気がついていない。初めは、自分を守らせるためだけに、連れ歩いていた。理由にも興味はなく、利用できればそれでよかった。

なぜ、ベンド＝ルガーは自分を守ってくれるのか。今はそれが知りたい。オリビアがベンドとともにいる理由は、変わりつつあった。


二人の共同生活は続く。戦場の夕暮れには、鳥の鳴き声の代わりに銃撃の音が聞こえる。昔はそれを聞くと、身が震えた。だが、今はベンド＝ルガーがそばにいる。ベンドがいる限り、怖くない。

「どこから来たの？」

『とおく』

「どんなところ？」

『なかまがいた。まもりたいひとがいた』

「それで、どうしたの？」

『みんなしんだ。おそろしいてきにころされた。ひとりのこらずころされて、『ほん』もこわされた』

「……あんたひとりで、逃げたの？」

ベンド＝ルガーの動きが止まった。悲しんでいるように見えた。オリビアは、次第《しだい》にベンドの気持ちがわかるようになっていた。

『ぼくひとりで、にげた』

「どうして？」

『ぼくたちをしっていてほしいから』

どういうことか、よくわからなかった。ベンドから、それ以上の説明はなかった。

『もうすぐ、ころしにくる。おそろしいひとがくる』

ベンドは、土の上に文字を書き、すぐに消した。

「あのさ、ベンド」

オリビアが言った。

「あんたといると、もやもやする」

それは、きっと守ってもらう理由がわからないから。オリビアは、そう思っていた。

それからさらに時が過ぎる。戦場に暮らす子供たちは、情報にさとい。噂《うわさ》はすぐに広まる。

ある日聞いた噂は、武装司書が来たという話だった。

それを聞くと、ベンド＝ルガーは、オリビアを物陰《ものかげ》に連れ込んだ。

「なにさ！」

オリビアが驚く。ベンド＝ルガーは大急ぎで字を書いた。

『にげろ。ぼくといたらきみもしぬ』

オリビアが読むと、ベンド＝ルガーは慌《あわ》てて字を消した。そして、オリビアのことなどそ知らぬ様子で歩き出す。態度が急に変わった理由を、オリビアは理解する。

言っていた、恐ろしい敵が来たのだ。ベンド＝ルガーを殺すために。オリビアが一緒にいたら、オリビアも殺されるのだろう。

それなら、二人の関係はこれまでだ。また、一人に戻るだけ。そう思って、オリビアは逆方向に歩き出した。二人は、互いに振り向きもしない。


妙な奴と出会い、しばらくの間、一緒に過ごした。変わった思い出が一つできただけ。ベンド＝ルガーと別れたときは、そう思っていた。自分はずっと一人で、これからも一人なのだから、すぐに忘れるだろうと思っていた。

だが、オリビアは何度も立ち止まって振り返った。もしかしたら、今までと同じように、ついて来ているんじゃないかと振り返った。少し歩いて振り向き、また歩いては振り向いた。何度振り向いても、鉛の巨人の姿は見えなかった。

もやもやする。しばらく前から感じるようになったもやもやが、心にまとわりついている。

「気になるなあ。なんであいつ、あたしを守ろうとしたんだろうな」

そんなことを、口にしてみた。

「なんだったんだろうな、あいつ。変な奴だったな」

わざとらしく独《ひと》り言を言ってみた。

オリビアの足が止まった。そして、後ろを向いて駆け出した。もう関わってはいけないと、わかっていながら駆け出した。


ずっと一人だと思っていた。

誰のことも好きにならないと思っていた。好きなんていう感情が、自分にあるとも思っていなかった。平和に生きてる連中の、世迷《よま》い言《ごと》だと思っていた。

オリビアは判《わか》った。一度、二人になってしまったら、もう一人には戻れないのだと。

走る。走り、探す。別れてから、一時間もたっていないのに、もう懐《なつ》かしいと感じている。

探し続けて、ついに見つけた。

そして、間に合わなかったことを知った。

「……ベンド」

絶対に、倒れないと思っていた鉛の体が、地に落ちていた。胸の真ん中に、穴が空《あ》いて、穴から地面が見えていた。

言いそびれたと、オリビアは思った。好きだと言いたかったのに、言えなかった。言いたいと思えたのに、言う相手は死んでいた。オリビアが、ベンドの横にへたり込んだ。

その時、鉛の顔が動いた。腕が力なく持ち上がった。

「ベンド……」

オリビアの手に、何かを書こうとする。だが、もう字を書く力もないのだろう。オリビアが、震える手を握り締める。

「どうして、あたしを守りたかったんだ？」

答えはない。ただ、手を握るだけだった。オリビアは、鉛の手が温かいことを、この時初めて知った。

長い間、オリビアはベンドの手を握り続けていた。

ベンド＝ルガーは、きっとこの日が来ることをわかっていたのだろう。恐ろしい敵に、殺される日が不可避《ふかひ》だと。

ベンドの仲間は、みな死んだという。彼らの『本』も、全て消されたという。ベンド＝ルガーという存在が、この世にいたことを、証《あか》す者はもうどこにもいない。

「知ってほしかったんだな」

オリビアは呟いた。

ベンド＝ルガーの望み。それは、誰かに自分のことを覚えていてもらうこと。この世に存在し、生き、愛し、守ったという、その事実を誰かに知っていてもらうこと。

鉛の手が、温かい。その手を握るオリビアに、ベンド＝ルガーの心が伝わってきた。言葉がないのに、伝わった。言葉ではないから伝わった。

「それだけ、かよ」

オリビアが言った。

「知って欲しいって、それだけかよ。忘れないでって、それだけかよ」

望みというには、あまりにも些細《ささい》。オリビアが、ベンド＝ルガーの手を握り締める。

「忘れるわけないだろ！　忘れねえよ、馬鹿野郎、忘れるわけないだろ！　絶対忘れねえよ！」

オリビアが絶叫する。もはや、聞いているのかもわからない、ベンド＝ルガーに向けて。耳で聞こえなくても、魂《たましい》に届くように叫び続ける。

手から温かさが消えて、唯《ただ》の鉛に戻るまでの間。オリビアはベンドに、叫び続けていた。


オリビアは、程なくして、神溺教団の人攫いたちに捕まった。邪魔をしていたベンド＝ルガーが、いなくなるや否《いな》や、人攫いたちは我が物顔で戦場をのし歩いていた。

体を押さえつけられて、アーガックスの水を飲まされる。押さえつけられながら抵抗し、飲まされながらも抵抗した。

忘れないと誓《ちか》った。ベンド＝ルガーを忘れないと誓った。

忘れないと願った。ベンド＝ルガーを好きだった自分を、忘れないと願った。

オリビアは、意思の力だけで、追憶《ついおく》の戦器に抗《あらが》った。小さな少女の意思は、小さな勝利を収めた。掌に残された、ぬくもりの記憶だけが肉になったオリビアに残された。

そこから、全てが始まった。そして、今、終わった。

月の光の中、枯れた雑草を踏みしめながら、オリビアが歩き出す。

ベンド＝ルガーが、好きだった。でも、好きだと言えなかった。言おうとしたそのときに、ベンド＝ルガーは死んでしまった。

「……」

オリビアは、かつての自分を取り戻していた。淋しいとき、淋しいと言える自分を。好きな相手に、好きといえる自分を。

冷酷な魔女の心は消えた。オリビアに幼く孤独な少女の心が戻っていた。

「……みんな」

オリビアが呟く。その言葉が、示す範囲は広い。今までに出会った全ての人に、オリビアは呼びかけた。

船の中の肉たちのことも、好きだった。シャーロットのことも、好きだった。

バントーラ過去神島に暮らす人たち。

武装司書たち。ヴォルケン。レナス。

誰も彼も、本当は好きだったのだ。

その気持ちを取り戻すために。そう言える自分を取り戻すために。ずっと戦っていたのに。

オリビアの膝《ひざ》が、枯れ草の上に落ちる。

もう誰もいない。誰も彼も、死んでいった。オリビアの戦いのために死んだ。オリビアが、死なせてしまった。

「みんな、ごめん」

オリビアは言った。

「ごめんよ、みんな」

オリビアが、叫ぶ。謝る相手が多すぎて、誰に言えばいいのかもわからない。

「ごめんよ、好きだったんだよ、ほんとは好きだったんだよ！」

オリビアは空を仰ぐ。そして泣いた。泣いて、泣いて、叫んでは泣いた。

「ごめんよ、ごめん、ごめんよお！」

その言葉は、もう誰にも届かない。オリビアは一人、ただ泣き続けた。


「……オリビア、か」

ハミュッツは、じっと投石器を眺《なが》めていた。そして、どこかにいるだろうオリビアのことを思った。

ハミュッツは、ずっと、この投石器の届かない相手を探していた。自分を脅《おびや》かしうる者を、自分を殺しうる者を、探し続けていた。シガルは惜《お》しいところまでいった。モッカニアもよく戦った。エンリケは強いが、もうハミュッツと戦おうとはしないだろう。武装司書たちも、反逆はするまい。

自分を殺せる者は、もういないのかと、絶望しかけていた。その矢先に出会ったオリビア。

どこかにいるオリビアに、呼びかける。

「あなた、すごいわ。本当にすごい」

何の力も持たないオリビアが、自分に勝ったのだ。揺るがぬ意思だけを武器にして、最強の自分を打ち破ったのだ。

ハミュッツは嬉《うれ》しい。

この世にはまだ存在する。わたしの投石器の届かない者が。最も弱く、それでいて殺せない者が存在する。意思の力は、投石器の力を凌駕《りょうが》する。それが嬉しくてたまらない。

どこかで、同じように月を見上げているだろう、オリビアに向けてハミュッツは囁《ささや》く。

「また、会いましょう。たぶん、会うことになるでしょうから」

断章

菫の残り香

「オリビアが、生き延びた？」

さすがの楽園管理者も、驚愕《きょうがく》を隠せなかった。チェスの駒《こま》を取り落として、籐椅子《とういす》から立ち上がる。

「おそらく、ハミュッツのせいです。遊びのつもりであえて見逃したのではないかと……」

「阿呆《あほう》」

楽園管理者は一言で否定する。それはない。

おそらくは、多くの人の助けと、信じがたい幸運の重なった結果。だがそれでも、ハミュッツが取り逃がしたことが信じられない。奇跡すら打ち砕《くだ》くような女だというのに。

「それと、何が起こったのか、肉たちが騒いでいます。擬人《ぎじん》たちが総出で抑えていますが、どうにもなりません。アーガックスの水にも限りがありますし……」

「かまわない」

楽園管理者は、チェスの駒を握りつぶす。爆発したように破片が散らばる。

「抑えられるなら抑えておけ。できない分は、殺そうが逃がそうが好きにしろ。肉どもはもう必要ない」

楽園管理者は、立ち上がる。

「オリビアのことは今は捨て置け。いずれ、始末しなければならないが、今は全《すべ》てを武装司書との戦いに投じる時だ」

時は満ちつつある。武装司書を滅ぼすために、為《な》さねばならない準備はあとわずか。

「長き屈従の終わりは近い。我らは武装司書を超え、天国は図書館を超えるのだ」

楽園管理者は頭からオリビアのことを振り払う。そして間近に迫る決戦に、思いをはせる。


夜が明けた。草原の中を走る線路の途中。屋根もない小さな駅に、オリビアの姿があった。拾った一枚の紙幣《しへい》を握って、オリビアは汽車を待っている。

今日の昼まで汽車は来ない。オリビアは空《す》きっ腹を抱えて座っていた。

「オリビア＝リットレット様」

オリビアが振り向くと、何時《いつ》の間にやってきたのか、一人の少年が立っていた。十三歳ほどだろうか。金髪の、喪服《もふく》を着た少年だった。敵か、味方か、一目で見極《みきわ》める勘《かん》の良さがオリビアにはある。

その少年の顔をじっと見つめ、わかったこと。こいつは、敵でも味方でもないことだった。

「私の名前はラスコール＝オセロ。途切れた物語に続きを与える者でございます」

少年は一礼する。

「かつて、一人の真人《しんじん》がございました。天国の物語に、結末を与えようとした心優しき少女でございました。されど彼女の物語は武装司書と神溺《しんでき》教団の手によって、途中で終わってございます。菫《すみれ》の咎人《とがびと》。少女は、そう呼ばれてございます」

オリビアは黙って聞く。

「ベンド＝ルガーは、かつて、菫の咎人のために戦っていました。ベンド＝ルガーは、その物語の最後の生き残り。そしてあなたは、物語の残り香《が》でございます」

「……………」

「あなた様が汽車に乗り、彼らと関係のない場所へ去ろうというのなら、お引き止めは決していたしません。されどあなたが、ベンド＝ルガーの物語に、続きを与えたいと申されるのならば、私はご助力いたしとうございます」

「回りくどくてよくわからんけど。あたしにベンド＝ルガーの代わりに戦えってこと？」

「戦えとは申し上げません。あなた様が戦うか否《いな》か、問うてございます」

オリビアは、じっと考える。

「あたしには、もう何もない。何もできないよ」

ラスコール＝オセロは答える。

「何ができるか、どんな力があるかは些細《ささい》なことでございます。それはあなた様が、その人生で証明なされてございます。証明なされたがゆえに、私は話しかけてございます」

オリビアは立ち上がる。

「ベンド＝ルガーを忘れない。この約束だけはやぶらない」

「それでは」

「教えなさいよ。ベンド＝ルガーのことを。ベンド＝ルガーの戦いを。ついでに、今のあたしに何ができるのかをね」

ラスコールがにっこりと笑う。


テーブルの上のチェス盤には、数の減った駒たち。黒は神溺教団。白は武装司書。決戦の時は近づいていた。

その盤の上に、小さな菫色の駒が現れたことを、この時はまだ、誰も知らない。

あとがき

みなさんこんにちは。山形石雄《やまがたいしお》です。

戦う司書シリーズ五作目『戦う司書と追想の魔女』をお届けします。今までで最長の分量になった今作ですが、楽しんでいただければ幸いです。


小説を書きはじめてかれこれ十年ほどになりますが、この間、初めての体験をしました。

いつものように、今回も途中でアイデアに行き詰まりました。例のごとく、コーヒーをがぶ飲みしたり、トイレに籠《こ》もったりしてアイデアを練っていたのですが、効果はなし。締め切りは着々と近づいていました。

そんな折、ある夜中にがばりと目を覚ましました。はてなぜ目を覚ましたのだろうと考えてみると、どういう不思議か懸案《けんあん》のアイデアが浮かんでいるのです。

人間の脳というのは寝ている間も活動を続けているそうです。創作のプロは、休んでいるときも寝ているときも、常《つね》に意識はアイデアを模索し続けていると聞いています。プロたるものは、寝ているときにアイデアが浮かぶことなど当たり前のことなのでしょう。

これで少しは自分も一人前に近づいたかと、非常に嬉《うれ》しく思った事件でありました。

今度からアイデアに行き詰ったら、思い切って布団《ふとん》にもぐってみようと思っています。

ただ、そんなことを話したら、毎回毎回大量に生産される誤字脱字に寝る間もなく校正作業をしている担当編集から、目から火の散る往復びんたをいただくことは間違いありません。ですので、担当編集だけには内緒にしておこうと心に誓《ちか》っております。

それはそれとして、今回も多くの方の助けをいただきました。イラストレーターの前嶋重機《まえしましげき》さま、担当編集さま、編集部の皆さま方に、この場を借りまして、ささやかながら御礼申し上げます。

そして読者の皆さま。また次の作品でお会いしましょう。

山形石雄

戦う司書と追想の魔女

山形石雄

集英社スーパーダッシュ文庫

2006年12月30日　第1刷発行

★定価はカバーに表示してあります

発行者

礒田憲治

発行所

株式会社 集英社

〒101−8050　東京都千代田区一ツ橋2−5−10

03(3239)5263(編集)

03(3230)6393(販売)・03(3230)6080(読者係)

印刷所

大日本印刷株式会社

ISBN4−08−630333−7 C0193

スーパーダッシュ
『本』は読む人の運命を変えていく…。
戦う司書と神の石剣
武装司書と神溺教団の抗争の歴史に登場する「ラスコール・オセロ」。謎を追う少女たちの運命は…。
戦う司書と追想の魔女
裏切りの容疑がかかった武装司書ヴォルケンがある女と共に失踪した。ハミュッツにかつてない恐怖が！

『本』が織り成す恋と奇跡——
壮大なファンタジー。

戦う司書 シリーズ

Tatakau Sisho

山形石雄 イラスト／前嶋重機